精霊の乙女 ルベト

白面郎哀歌

相田美紅

white heart

講談社X文庫

目次

精霊の乙女 ルベト

白面郎哀歌

登場人物紹介

＆あらすじ

ニグレト

幼い頃、テン族に助けられた金髪で金色の瞳をした青年。笛を得意とし、ルベトを心から愛する。

ルベト〈姜子《きょうし》〉

西に暮らす遊牧民・テン族の大巫女《ヴォルバ》の娘。歌と踊りの才に恵まれ、乗馬と弓矢も得意。

アレク

尚《しょう》へ向かうルベトを助け、共に旅をした青年。褐色《かっしょく》の肌に緑の瞳をした美しい青年。

白《びゃく》蓉《よう》

玄柊の妹。勝気で美貌《びぼう》の少女。心優しい面もありニグレトに惹《ひ》かれている。

玄《げん》柊《しゅう》

尚の王。白い肌、黒い髪をした青年。ルベトとは南アワイの町で出会った。

ベルメ

テン族の大巫女。ルベトの母。ルベトを厳しく育ててきた。

延《えん》蓮《れん》

尚の歌舞音曲を司る宮廷楽師の一人。ルベトを見出した。

孫《そん》怜《れい》

延蓮の弟子。歌も踊りも天才的だが、尊大で毒舌。ルベトのライバル。

あらすじ

遊牧生活を送るテン族。族長と大巫女の娘・ルベトは、年一度の地霊祭の夜、巫女を務めることになっていた。しかし母と諍《いさか》い、村を飛び出している間に東の大国・尚《しょう》の軍勢は村に火をかけた。ルベトの恋人・ニグレトは、村とルベトを守るため、尚の軍に「麒麟《きりん》の現人神《あらひとがみ》」として攫《さら》われる。

ニグレトを救うため、ルベトは東を目指す。宝石商アレクの助けを借り、尚にたどり着いたルベトは、歌と踊りを認められ、芸人として宮中へ潜り込んだ。

イラストレーション／釣巻　和

精霊の乙女　ルベト

白面郎哀歌

一章　白面郎哀歌《はくめんろうあいか》

1

「本日、ここに集まっていただいたのはほかでもありません。終夏《しゅうか》の小宴《しょうえん》について、あなた方にお話があります」

延蓮《えんれん》が前かがみにうつむくと、周囲からどよめきが上がった。

(終夏の小宴?)

いったいそれは何だろう。ルベトは、訝《いぶか》しげに首を捻《ひね》った。周りの者たちの反応から察するに、大事な行事のようだ。ルベトは身を寄せて、隣に並ぶ若者にそっと尋ねた。

「あの……終夏の小宴って、何ですか?」

「し。延師がお話しだ」

小虫を払うようにすげない扱いを受けて、ルベトはムッと眉《まゆ》を顰《ひそ》めた。最後列から延蓮に目を向ける。彼女の白い面《おもて》は、藍色《あいいろ》の衣に映《は》える。延蓮の容貌《ようぼう》そのものは絶世の美女とはいえない。しかし、彼女の身のこなしは人の目を惹《ひ》きつける。

「此度《こたび》の終夏の小宴は、栄歩《えいほ》殿、何伸《かしん》殿、私で争うことになりました」

ルベトは、大きな目を瞬《しばた》かせた。争うとは、いったい何を？　戸惑うルベトをよそに、延蓮は淡々と話を進めていく。

「ご存じのとおり、この宴《うたげ》で月見祭《げっけんさい》にふさわしい楽隊が決定されます」

（月見祭？　楽隊？）

ルベトは、聞き慣れない言葉に注意を傾けながら、延蓮の声に耳を澄ませた。しかし、この沈黙の中にあっては、延蓮の声を聞き逃すほうが難しい。それほどまでに、弟子《でし》たちは師の言葉に聞き入っている。

「名を呼ばれた者は、前へ進み出るように」

そう言って、延蓮はひとりひとりの顔をたしかめるように視線を巡らせた。途端に、緊張とはまた別の、ピリリとした気配がルベトの肌を刺す。部屋の空気が一変した。そんな気がした。

「徐永《じょえい》、賀穂《がほ》、宗達《そうたつ》……」

ひとり、二人と、延蓮に名を挙げられた者たちが列を出て前に進み出る。口髭《くちひげ》を蓄えた壮年の男性、気難しい顔をした若い男性に、長身の女性。まるまると肥えた女性のあとに、小柄で痩《や》せた少年が続いた。名を挙げられた者たちは、計七人。彼らは延蓮の前に並んで、誇らしげに胸を張っている。ルベトにとって兄弟子なのだろうが、初めて見る者たちだった。

「この七名を、楽隊に任命します。さて、残るひと枠についてですが――まず孫怜《そんれい》」

名を呼ばれて当然と言わんばかりに胸を張って、ルベトと同じ年頃の少女が前に進み出る。

「そして――」

ごくり。固唾《かたず》を呑《の》む音が聞こえた。ルベトは何が何やら分からないままに、延蓮の言葉を待つ。ふいに延蓮がルベトを見た。ルベトはどきりとして、思わず上半身を反らせる。延蓮の静かな視線には、えも言われぬ重みがあった。

「姜子《きょうし》」

名を呼ばれて、ルベトは目を丸くした。いままで沈黙を守っていた弟子たちが、にわかにざわめく。

「姜子。聞こえませんでしたか？　前へ」

「あ、はい……！」

ルベトは、最後列から小走りになって前に出た。おそるおそる、八人の兄弟子たちの末に立ち並ぶ。

姜子とは、尚《しょう》でのルベトの別名だ。異民族は王宮に仕えるとき、尚風の名を与えられる。羊の女子と書き記されるこの名前は、ルベトが放牧を生業《なりわい》とする白虎《びゃっこ》ヶ原《がはら》の生まれであることを示している。

「此度の宴では、踊り手をあなた方のうちひとりにお任せします。みな、よろしいですね」

延蓮がそう言って、ルベトと孫怜に視線を向ける。答えるように、八人の兄弟子たちは恭《うや》しく頭を垂れた。ルベトも慌てて彼らに倣《なら》い、頭を下げる。たっぷりお辞儀をして顔を上げると、延蓮がルベトの前に立っていた。

「姜子と孫怜は、この場に残るように」

「……は、はい」

ルベトが戸惑いつつうなずく。後列から向けられている視線が、ちくちくと針のようにルベトの背中を刺していた。

延蓮は弟子たちを帰し、静かに息を吐いた。人気《ひとけ》のなくなった延蓮の公務室は広く、がらんとしている。ルベトは孫怜と呼ばれた少女とともに、じっと姿勢を正して立ち尽くす。かすかに花の香りが漂っている。香の類《たぐ》いのにおいではない。部屋の壁には薄紅色の睡蓮《すいれん》の絵が飾られ、窓は円く、大きかった。窓を背にして置かれた書斎机には、書類が山のように積み重ねられている。窓辺に生けられた花が、風にそよいだ。香りのもとは、あれだろうか。

ルベトは、延蓮の公務室と記憶にある母の仕事場を無意識のうちに比べていた。ルベトの母であるベルメは、祭祀《さいし》や薬草づくりを行うテン族の大巫女《ヴォルバ》だ。彼女の仕事場には、干した蝙蝠《こうもり》や動物の骨、恐ろしい仮面に、祭祀用の杖《つえ》など、さまざまな道具が棚や壁を飾っていた。あれに比べると、延蓮の仕事場は寂しげでさえある。

「尚には慣れましたか」

ふいに声をかけられて、ルベトは視線を延蓮に戻した。延蓮の細く、眦《まなじり》が上がった目は、鋭さよりも憂いをはらんで見えた。低い鼻と小さな口が、目元の鋭利さを和《やわ》らげているのかもしれない。ルベトは延蓮の言葉にうなずきながら、「はい！」と答えた。思いのほか大きな声が出て、ルベトはとっさに口を手で覆った。

（やっちゃった……）

尚では、女性は大声を出さないほうが上品とされているらしい。何度も注意されているのに、なかなか直らない。礼儀作法の講師に何度も叱《しか》りつけられたことを思い出しながら、ルベトは肩を落とした。落ちこむルベトを前に、延蓮はわずかに目元を緩ませる。

「経書や礼儀作法の稽古《けいこ》は無事にすべて修了したようですね。あなたの話は、講師方から聞いていますよ」

「あたしの話を……ですか？」

「ええ。ずいぶんと元気の良い弟子をとられたことだと、みな口を揃《そろ》えて仰《おっしゃ》います」

延蓮が小さくうなずく。光の加減で、彼女の口元はわずかに微笑《ほほえ》んでいるように見えた。

（……それって褒められてるのかしら？）

ルベトは尚に来てからの日々を思い出して、心の中で首を傾《かし》げた。

尚で王宮仕えをする者は、最初に一般的な礼儀作法から王宮独自のものまでみっちり仕込まれたあと、黄龍鼎《きりゅうてい》古代の賢人の教えを述べた書物を読み、尚の政治、学術、風俗を学んで身につけさせられる。礼儀作法の稽古の初日、遅刻しそうになって廊を走り抜けたことがルベトの頭に浮かんだ。それをたまたま目にした礼儀作法の先生は、「立派な女性がはしたない」と顔面を紅潮させた。その後しばらく目の敵《かたき》のように扱われたから、よくよく覚えている。

「いろいろと驚くところはあるでしょうが、初日にお伝えした基礎練習は毎日つつがなくこなせていますね？」

ルベトの頭の中を読み取ったかのように、延蓮が口を開く。ルベトはどきりとしながらも、「はい」と答えて深々頭を下げた。日々、延蓮から教えられた呼吸法の練習と、体力づくりの走りこみは欠かしていない。その後は教えられた型の踊りを繰り返し踊る。ルベトはぎゅっと、藍色の官服の裾《すそ》を握りしめた。この色は芸人に与えられた色で、尚の中で芸人とは官吏でもなければ宮女でもない、特別な存在なのだという。

「さて、二人に居残っていただいたのはほかでもありません。終夏の小宴のお話をするためです」

延蓮は、ルベトと孫怜の顔を交互に見た。

「その……終夏の小宴って何なんですか?」

おそるおそる手を挙げて、ルベトが尋ねる。延蓮は「姜子には説明が必要でしたね」と、小さな唇に指を当てた。彼女の袖《そで》からのぞく手首は、小枝のように細い。

「五穀豊穣《ごこくほうじょう》を願って、秋のはじめに催される祭事といえば分かりますか?」

実りと収穫を祈る祭り。それって、地霊祭のようなものかしら。ルベトはそう理解して、深くうなずいた。

「この祭事を、終夏の小宴と呼ぶのです。この祭事では、三つの楽隊がそれぞれ一曲ずつ楽を奏するという定めがあるのですが、その際、最も優れた楽隊が一団だけ選ばれます。そして、その一団だけが月見祭で楽を披露する機会を頂けるのです」

延蓮の淡々とした口調に、何がしかの感情が入った。そのわずかな声色の変化に、ルベトはじっと延蓮の顔を見つめる。

「月見祭は、他国の王や名血九族の方々が参列されるたいせつな催し。この月見祭で楽を任されるということは、芸人にとって何よりの誉れといえるでしょう」

ルベトは大きな瞳《ひとみ》に延蓮の姿を映しながら、「あたしが」と口を開く。

「あたしがここに残されたのは、そのお祭りに出るためですか？」

延蓮はゆっくり首を振った。

「終夏の小宴に出られるかどうか、この孫怜と競っていただきます」

「えっ？」

ルベトは思わず声を上げた。競うとは、いったい何を競うのだろう。

「あの、それってどういうことですか？」

「私は、姜子と孫怜……あなたたち二人のうち、どちらが舞台に立つべきかを決めかねているのです」

嘆くようなそぶりで、延蓮は息を吐いた。

「孫怜は力強さと洗練された身のこなしに加え、私の弟子の中で最も演技力に優れています」

孫怜はふっと微笑んだ。山形を描く太い眉と口角の上がった唇に、勝ち気さがにじみ出ている。

「そして姜子、あなたには人の心に強く訴えかける表現力があります」

ルベトは頰《ほお》を紅潮させた。そんなふうに評価されていたのかと思うと、誇らしいようなこそばゆいような気持ちになる。

「そこで、私はあなた方の実技を見て判断することに決めました。期限を定めて、二人には芸をあの七人の前で競ってもらいます」

延蓮の言葉にルベトは口を結び、孫怜も笑みを消してじっと延蓮を見つめている。延蓮は書斎机から、木簡《もっかん》をつないだ巻物を二巻取ると、二人に一巻ずつ手渡した。

「それが課題の曲目です。審査の日は、相月《そうがつ》の二十日。いまからひと月後を考えています」

――芸試《げいし》と同じことをするの？

延蓮の言葉から、この舞台に選ばれることは大変な名誉なのだと分かる。数ある弟子の中で自分が選ばれたことは嬉《うれ》しい。けれど、ルベトには目的がある。尚の軍に攫《さら》われた恋人・ニグレトを、この王宮から捜し出して助けるのだ。そのためにルベトは西の地・白虎ヶ原から尚に旅をしてきた。そして芸試を受け、延蓮の弟子として尚の王宮に入りこんだのだから。

（まだ少しもニグレトの情報を摑《つか》めていないのに、これじゃ自由に動ける時間がなくなってしまう……！）

ルベトは巻物を握りしめて、隣に立つ娘に目を向けた。孫怜も、いくらか切れ上がった目でルベトを見ている。凄《すご》むような孫怜の視線に、ルベトはわずかにたじろいだ。

「延師がわたしとそれ以外の人を秤《はかり》にかけて迷うだなんて、珍しいですね」

「今度の終夏の小宴は特別なのです。これは口外してはならぬことですが――終夏の小宴を通過した一団は、月見祭にて尚の瑞祥《ずいしょう》たるお方の前で芸を披露することになるのですから」

（!!）

自然とこぼれたような延蓮の言葉に、ルベトの手から巻物がするりと落ちた。延蓮はハッとして口を噤《つぐ》み、孫怜はルベトを睨《にら》み付《つ》けた。

いま、延師はなんと言った？

――失礼をいたしました。お許しくださいませ、瑞祥君《ずいしょうくん》。

ルベトの耳の中に、ニグレトを攫っていった老人の声が蘇《よみがえ》る。

（瑞祥たるお方……それってまさか、ニグレトのこと……!?）

どくんと、胸が大きく高鳴った。震える指を握りしめて、ルベトは延蓮をじっと見つめる。延蓮は訝しげにルベトに視線を返しながら、「どうかしましたか、姜子」と尋ねた。

「いえ、あの……っ」

声が不自然に揺れている。ルベトは慌てて首を振って、足元の巻物を拾い上げた。まだ、手が震えている。なんだか喉《のど》が異様に渇いて、ルベトはごくんと音を鳴らした。

「明日から、私の朝議が終わり次第稽古を始めましょう。朝餉《あさげ》のあと、私の公務室前に来てください。二人とも、その巻物にはしっかり目を通しておくように」

ルベトは手に巻物を握りしめながら、分かりましたとうなずいた。それから孫怜と二人そろって、延蓮の公務室を出る。背中でぱたんと扉の閉まる音がして、ルベトは拳《こぶし》を握りしめた。

——月見祭に出られれば、ニグレトに会える。

ルベトの胸の底が、熱く焦げ付くようにざわめいた。

「まさか新人と争うことになるなんて、思ってもみなかったわ」

ルベトが顔を上げると、孫怜が挑むような鋭い眼差《まなざ》しでルベトを見ていた。彼女の大きな瞳から、いまにも取って食われそうなものを感じる。高々と結われた雀頭色《じゃくとういろ》の髪が馬の尾のように揺れ、声にはたっぷりと自信が含まれている。目元に朱色を滲《にじ》ませた化粧が、孫怜の面を鮮やかに彩っていた。

「正直、生意気だわ。入って一年も待たず舞台に上がる機会をもらえるなんて。絶世の美女ってわけでもないのにサ」

あか抜けない田舎娘って役どころなら、適役かもしれないけど。孫怜はまったくあどけなく、そう言った。

あまりにも不躾《ぶしつけ》な孫怜に、ルベトが気の立った目で睨み付けると、「あらぁ」と彼女は素《す》っ頓狂《とんきょう》な声を上げる。

「気に障ったらごめんなさいね。でも、みんなの前で恥をかく前に辞退したほうがいいと思うわ。わたし、こういうので負けたことないの」

それに、素人《しろうと》相手でも手を抜く気はないから。

孫怜は平然と、そう続けた。彼女の憐《あわ》れむような目つきから、むしろ本気でルベトを気遣って辞退を勧めている節さえ感じられる。ルベトは、眉間《みけん》を寄せて唇を結んだ。ニグレトに近付ける大事な機会を、簡単に諦《あきら》めるものか。辞退などするはずないし、ルベトが孫怜に負けるとも決まっていない。あたしはこの人に、とても見くびられている。そう思うと、ルベトの胸で炎が熱く燃えた。

「あたし、一生懸命がんばります！　あなたには負けませんから！」

昂《たか》ぶる気持ちのまま宣戦布告するルベトに、孫怜は目を丸くした。

「へーえ、おもしろいじゃない。この孫怜さまと張りあおうってわけね」

不敵に笑って、孫怜がぐっと胸を張る。ルベトは気圧《けお》されないように腕を組んで、孫怜をいっそう強く睨《ね》め上《あ》げた。

「じゃ、せいぜいがんばってよ。このわたしが相手なんだから、半端な腕前じゃ敵《かな》わないわよ！」

孫怜はそう言って、裳裾《もすそ》をひらりと翻した。遠ざかっていく孫怜の背中を眺めながら、ルベトは苛立《いらだ》ちを隠せずに爪先《つまさき》をタンタンと踏み鳴らす。

「言われなくたって、絶対負けないわ！」

ルベトは巻物をしっかり胸に抱いて、孫怜とは別の方角へ向けて足を速めた。

＊

「なるほど。終夏の小宴は詠月《えいがつ》の初日に催されるのね」

その夜、ルベトは暦表《カレンダー》を眺めてひとり納得してうなずいた。与えられている官舎の自室。部屋の片隅に置かれた机の上に、延蓮から授かった巻物を広げ、隅々にまで目を通す。巻物には、終夏の小宴の日取りと、演じる曲目が記されていた。

終夏の小宴は、新年から数えて九番めの月・詠月の初日に行われる。「仮面劇、白面郎哀歌」と大きく書かれた下に、「花鬟歌《かびんのうた》」「白雨歌《びゃくうのうた》」「月香歌《げっこうのうた》」の曲名が挙げられ、それぞれに栄歩、何伸、延蓮の名が記されている。仮面劇とあるから、白面郎役は仮面をつけるのだろう。真っ白な面をつけた、顔のない青年がルベトの頭に浮かんだ。

ルベトはまず、「花鬟歌」につづられた歌詞を読んだ。白面郎と呼ばれる若い王子が、窓からひと目見た貴族の娘に恋をする。しかし娘には恋人がおり、白面郎は袖にされてしまう。続いて「白雨歌」。これは、娘を諦めきれない白面郎が、雨の夜に貴族の家に忍びこんで、娘を攫って逃げるという内容だ。最後に「月香歌」。娘は夜雨《よさめ》の冷たさに耐えられず、白面郎の胸に抱かれて死んでしまう。白面郎は娘の死を悼みながら、来世で結ばれることを願うというものだった。

「三曲でひとつの物語ができあがるのね」

月香歌に延蓮の名が記されているので、おそらく延蓮の楽隊は月香歌を演じることになるのだろう。ルベトはううんと唸《うな》って、ぱんぱんに張っている脹脛《ふくらはぎ》を撫《な》でた。走りこみで足の裏がズキズキする。腹筋が引《ひ》き攣《つ》るように痛むのは、壁に向かって薄い半紙を吹きつけ続ける呼吸法の訓練のせいだ。「いてて」とこぼして、ルベトは唇の端を歪《ゆが》めた。

審査の日は、相月の二十日。いまからひと月後だ。ルベトは、筆で暦表に円く印をつけた。

――もし、審査に勝ち抜いてニグレトに会えたら……。

ルベトは円い筆跡を見つめて、ニグレトの姿を脳裏に描く。

まず、彼を力いっぱい抱きしめよう。それから、少しだけ拗《す》ねてみたい。ずっと一緒にいると約束したのに、あたしを置いて遠くへ行ってしまうなんて、と。そして、必ず一緒に西に帰るんだ。テン族のみなが待つ村へ。

(それにしても、不思議なものね)

尚では一年を、ひと月三十日として十二ヵ月に分けている。春夏秋冬の四季を暦注でさらにそれぞれ三分し、暦上の日を六種の吉凶に分けた『六曜《ろくよう》』を定めている。テン族も一年を十二ヵ月で分けてはいるが、尚のようにあらかじめ吉凶日を定める風習はない。ひと月ひと月の呼び名も、まったく違う。同じ大地の上に暮らしているのに、こんなに文化が違うというのは改めて驚く。そんなことを思いながら、ルベトはあくびを嚙《か》み殺《ころ》した。

寝支度をしようと燭台《しょくだい》を手に持って椅子《いす》を立ったとき、生ぬるい風が吹きこんだ。粗末な雨戸が、風でバタンバタンと音をたてる。ルベトは軋《きし》む雨戸を閉めようとして、ふと手を止めた。湿っぽい夏の夜に、並び立つ官舎の灯が柔らかく輝いている。蒼《あお》い闇《やみ》の彼方《かなた》には、小さく奥宮の城の影が見えた。角櫓《すみやぐら》にかがり火が燃え、反《そ》り返《かえ》った屋根の形がうっすらと照らし出されている。無数の窓から、ぽつぽつと灯《あか》りがこぼれていた。幾重にも城門に守られたそこには、尚の王がいるのだという。奥宮は位の高い官吏や、王族、貴人のみが立ち入れる、選ばれた者たちの居場所。

ルベトは尚に来てから、いろいろな人に瑞祥君《ニグレト》のことを尋ね歩いた。しかし誰も、瑞祥君など見たことがないという。ニグレトを攫っていった男たちは、たしかに尚の軍隊だと言った。美しく、豪奢《ごうしゃ》な馬車に乗せられてニグレトは連れ去られたのだ。それなのに、誰もニグレトの存在を知らないのはなぜなのだろう。

ニグレトを瑞祥君と呼び、恭しくかしずいた紫色の衣の老人。彼はいったい、何者なのだろう。長身瘦軀《そうく》。三日月形の目に、紅を差したように赤い唇。不気味に微笑む老人を瞼《まぶた》の裏に思い浮かべて、ルベトはぶるりと身を震わせた。

「ニグレト。あなたはいま、どこにいるのかしら」

あのお城の中にいるのかしら。そう思うと、城までの距離が、ルベトとニグレトを隔てる距離にも思えて、目を逸《そ》らして雨戸を閉めようとした――が、ふと手を止めて天を仰ぐ。窓から雲を被《かぶ》った三日月が見えた。その清らかな黄金色が、ニグレトの瞳と重なる。

――延師は仰ったわ。今年は特別で、月見祭では尚の瑞祥であるお方に楽を披露するのだと。

尚の瑞祥といえば、瑞祥君をおいて何を指すというのか。延蓮は、ルベトが接する人々の中で最も位の高い人だ。普段ルベトと話をしている端役の女官や、使い走りの官吏の知らないことでも、延蓮なら何か知っているのかもしれない。

「でも、口外してはいけないって仰ったのはなぜかしら……」

瑞祥君が吉兆であるというのなら、隠す必要などないだろうに。孫怜は何も気にしていないふうだったが、ルベトにはそれが不思議だった。しかし、それ以上に心を満たす喜びがある。

(延師の言葉が本当だとしたら、月見祭でニグレトに会えるんだわ……!)

瑞祥君《ニグレト》のことを尋ね歩き、彷徨《さまよ》うばかりだった日々にわずかでも兆しが見えた。ルベトは希望を胸に抱いて、ふうと燭台の灯りを吹き消した。

2

ダン、ダン、ダン。

延蓮の手拍子とともに、板張りの床を激しく踏み鳴らす音が響く。ルベトの長い手足が、これでもかというほどの伸びを見せる。

「姜子。それでは乱暴すぎます。優雅さを忘れないで」

「はい！」

ルベトは高らかに答えて、歩を踏む足を意識した。着地の際、足の裏で乱暴に床を踏み鳴らさないように、細心の注意を払う。

「そう。踵《かかと》だけで体を支えるのではなくて、足の爪先の一本一本にまで均等に力を籠《こ》めるのです」

ルベトは頭から湯気が立つような熱気に取りつかれながら一心不乱に体を動かした。瞬きさえ忘れ、延蓮の言葉だけに集中する。額から流れた汗が目に入っても、何も感じない。ルベトは再び片足で飛び上がった。

「腰を反らさないで。丹田《たんでん》に力を籠め、呼吸を深く」

延蓮が素早く指示を出した。ルベトは延蓮の言うとおり、ぐっと臍《へそ》の下、腹の奥のほうに力を籠める。片足から不要な力が抜けて、足の裏に自然な力が籠もった。トンッと、軽やかな音が鳴る。

「そこまで」

延蓮が制止をかける。ルベトはぴたりと動きを止めた。

「あの、延師……」

ルベトは、おずおずと稽古場の壇上に立った延蓮を見上げた。

「体の伸びの柔らかさは、天性の美質といえるでしょう。もう少し動きに緩急を付ければ、演技がいっそう深まることと思います」

天性の美質という言葉に、ルベトは目を輝かせた。人に褒められると、自分の中に何かひとつ宝物を見つけたような気持ちになる。ルベトは誇らしさにぴっと背筋を伸ばして、深々と頭を垂れた。

朝議のあと、ルベトと孫怜は稽古に使われている道場で、延蓮の手拍子に合わせて即興で踊ることを命じられた。突然の指示に驚きはしたが、なんとか乗り切れたようだ。

延師は褒めてくれたけど、孫怜はどう思ったかしら。

ルベトは、ちらりと道場の壁際に立っている孫怜を見た。彼女は口元に手を押し当てて、あくびをこぼしている。

——あたしの踊りは、そんなに退屈だってこと⁉

「孫怜。次は、あなたの日ごろの成果を見せていただきましょう」

延蓮の声でふっと我に返ったように、孫怜は姿勢を正した。

「もちろんです、延師」

勝ち気な微笑みを浮かべて、孫怜は一礼する。そして前に進み出ると、ルベトを一瞥《いちべつ》した。彼女は「ふふん」と鼻を鳴らして、ルベトに笑いかける。小ばかにしたような孫怜の微笑みに、ルベトは口をムッと結んだ。ルベトと孫怜の応酬に構うことなく、延蓮は手拍子を打ち始める。孫怜は息を吸うと、目を閉じて深く息を吐いた。うなだれていた孫怜が顔を上げて、目を見開く。その迫力に、ルベトは思わず後ずさった。孫怜を取り巻く空気が変わったのが分かる。その瞬間から、孫怜がひと回りも二回りも大きく見えた。

ルベトは固唾を呑んだ。重々しい雰囲気を纏《まと》って、孫怜が足を運ぶ。体を妖艶《ようえん》に波打たせ、長い腕をいっぱいに伸ばし、腰を揺らして踊りはじめる。左右前後に腰が回り、次に上半身を反らせて髪を揺り乱した。ルベトは、胸がドキドキした。孫怜の全身が力強く活《い》き活《い》きと躍動しているのが伝わってくる。

――すごい……。

ルベトは呼吸も忘れて、孫怜の妖美《ようび》な姿に見入っていた。

いままで、一度も見たことのない踊りだ。腰を激しく揺らし、しなやかに身を弾ませる孫怜は、煽情的《せんじょうてき》でありながらも優雅さも兼ね備えている。

なんと柔らかく、なめらかな動き。ルベトは、羨望に近いものを感じた。孫怜は全身のどの部位も、自由自在に操れるのだろうか。痺《しび》れるような陶酔の中、ルベトはおのれの舞う姿を脳裏に浮かべた。

孫怜に比べたら、あたしはいかにぎこちない動きをしていることか。

そう思うと、自分の舞が恥ずかしくなった。得意顔で、なんと拙《つたな》いものを延蓮や孫怜の前で披露していたのだろう。

「そこまで」

パンと延蓮が掌《てのひら》を鳴らす。孫怜は動きを止めて、深々と延蓮に向かって頭を垂れた。そして呆然《ぼうぜん》とするルベトに視線を移すと、勝ち誇った微笑を片頬だけに浮かべて見せた。

「どお?」と唇だけでルベトに問いかける。ルベトは拳を握りしめて、奥歯を嚙みしめた。

「孫怜、なかなかおもしろい踊りでしたね。ところどころ体の軸がぶれていましたので、腰と頭の位置に気を付けるように」

そう簡単に講評を出して、延蓮はルベトに意見を求めた。

「姜子、孫怜の踊りはどうでしたか?」

意見を求められて、ルベトは言葉に詰まった。

たしかに孫怜の踊りはすばらしかったが、素直にそうは言いたくない。孫怜は自信満々に反り返っているし、勝ち誇った笑みがルベトを逆なでする。これで孫怜を褒めたりしたら、きっと彼女はさらに増長する。かといって、けなすようなところがあるかと問われれば、答えは否《いな》だ。

「活き活きして、力強い踊りだと思います……。すごく難しそうで、不思議な……初めて見る異国の踊りでした」

ルベトがもごもごと言葉を濁しつつ答えると、延蓮は「そうですか」と納得したそぶりを見せた。

「姜子。いまあなたが言ったことは、あなたの舞を初めて見た人の感想でもあるのですよ」

あたしの舞を見た人と同じ感想？

「そのことをふまえて、あなたの芸には何が必要か、何が足りないかをよく考えてください」

「延師が何を仰りたいかと言うと、つまりわたしを手本にしろってことよ！」

孫怜が得意顔で胸を張る。ルベトは孫怜を睨んだ。孫怜はそんな視線さえ心地よいとでもいうように、自信たっぷりに微笑みを浮かべている。延蓮はそんな二人を見て、目を細めた。

延蓮の指導は、非常に厳しいものだった。稽古が終わるころには、ルベトはふらふらになっていた。足は棒のようで感覚がないし、足の裏はジンジンする。歌い通しで喉がカラカラだ。

母さまの厳しさの比じゃない……！

ルベトは背中を丸めて床に膝《ひざ》をついた。はあはあと忙《せわ》しない呼吸に加えて、頭が茹《ゆ》だったような熱を感じる。

ルベトの母は、大巫女《ヴォルバ》と呼ばれるテン族最高位の巫女だ。大巫女《ヴォルバ》は歌と踊りで精霊を鎮め、慰める。その母から、ルベトは幼少のころより歌と踊りを教わって育った。母の訓練は厳しかったが、立てなくなるまで踊らされたことはなかった。喉の奥から、血の味がせり上がってくる。

「姜子、立てますか」

延蓮の問いかけに、ルベトはうなずいて見せた。ぽたぽたと汗の粒が滴《したた》って、板張りの床に黒点を描く。素直に言えば、膝が笑って立てそうにない。

「今日はここまでにしましょう。無理をすると、体を壊します」

「だ、大丈夫です……！」

「無理しないほうがいいんじゃない？　延師との初稽古で気を失ってないだけ上出来よ」

孫怜が呑気《のんき》な調子で言う。ルベトは眦をきつくして孫怜を睨みあげた。孫怜は汗をかき、頬を赤くしてはいるものの、ルベトほど疲弊している様子はなかった。彼女はルベトの反抗的な眼差しなど気にしない様子で、ルベトの肩を担《かつ》いで立ち上がらせる。

「ちょっと！」

ルベトは抗議の声を上げた。競争相手の、それも傲慢《ごうまん》な孫怜の手など、借りたくもない。しかし女ながら、孫怜の力は強かった。ルベトが抗《あらが》ってみせても、びくともしない。

「延師。姜子はわたしが医務室まで運びます。今日は、どうかご自身のお勤めにお戻りください」

孫怜が延蓮に向かって頭を下げる。ルベトは「まだ、やれます」と言おうとして、声が出ずに咳《せ》きこんだ。延蓮は、ルベトの様子を見て小さく首を振る。今日はもう無理だと判じたのだろう。

「姜子、今日はしっかりお休みなさい。孫怜、姜子をよろしく頼みましたよ」

延蓮はそう言って、二人を道場から出した。

ルベトは孫怜に半ば引きずられるようにして、医務室に連れて行かれた。木製の古びた扉を開ければ、苦いような甘いような乾いたにおいが鼻腔《びこう》を満たす。孫怜は唸って眉を顰めたが、ルベトにとっては懐かしいにおいだ。

「すみませーん。華陀《かだ》先生はいらっしゃいますかぁー？」

孫怜が大声で尋ねるが、答えはない。静まり返った医務室には棚が並び立ち、小さな引き出しがびっしりと備わっている。小さな机に、無地の衝立《ついたて》。壁には人体図と、詳細な人骨の絵が掛けられている。奥には、人が横たわれる寝台が三基ほど備わっていた。

「誰もいないみたいだし、そこでしばらく横になってなさいよ」

「自分で歩けるわ」

孫怜はルベトをいちばん手前の寝台まで連れて行こうとしたが、ルベトが孫怜を押し返すと、彼女はおとなしくルベトのそばから身を引いた。もうだいぶんルベトの足の感覚は戻っているし、膝の震えも収まっている。

ルベトが少し埃《ほこり》臭い寝台の上に横たわったとき、孫怜がどこからか水差しとコップを持ってやってきた。寝台のそばの小卓の上にそれらを置き、孫怜は勝手に棚の引き出しを漁《あさ》り始める。

孫怜、何してるんだろう……。

ルベトは寝台に横たわって孫怜の様子を眺めていた。孫怜は不慣れな様子で、ぶつぶつ何かつぶやきながら引き出しの中をまぜっ返している。

「あったあった。これだわ」

ようやくお目当てのものを見つけたらしい孫怜が、何かをルベトに放った。こつんと軽い音をたてて、ルベトの顔に当たる。目の前に転がってきたのは、小さな包みに入った丸い薬剤だった。

「これは？」

「それ、滋養とか疲労回復に効くの。人参《にんじん》だか何だかを煎《せん》じたものなんですって」

味は最低だけど、それなりに効果はあるわと続けて、孫怜は白い歯を見せた。

「あんた、尚に瑞祥君がいないか聞きまわってるんですって？」

孫怜は隣に並べられた寝台の上にどっかりと腰を下ろすと、長い足を組んだ。

「童でもないのに瑞祥君のおとぎ話を信じてるわけ？」

孫怜は、信じがたいとでもいうように肩をすくめた。ルベトにとっては、見慣れた反応だ。ルベトの言葉を聞いた大半の者が、孫怜と同じような顔を見せる。しかし、孫怜の揶揄《やゆ》するような物言いだけは癇《かん》に障る。ルベトは身を起こすと水差しからコップに水を入れて、ひと息に飲み干す。口元を拭《ぬぐ》いながら、「そうよ」とつっけんどんにうなずいた。

「姜子、いいこと教えてあげるわ。瑞祥君が現れるのはね、千年に一度とか二千年に一度だって言われてるのよ。そんなのがここにいたら、いまごろとうに祝典が開かれているわ」

——みんなと同じことを言うのね。

ルベトは、心の中で溜息《ためいき》をついた。ルベトが瑞祥君について尋ねると、みな乾いた笑いを浮かべたり、呆《あき》れた顔で異口同音に否定する。

たしかに、それほどまでに瑞祥君《ニグレト》が希少な存在なのだとしたら、いまごろ、尚中が歓喜に沸いているはず。しかし、尚にその気配がいっさいない。金髪金目という特異な容姿のニグレトは、どこにいても目立つ。だから、ひと目でも見たことがあれば、誰も彼の存在を知らないなどと言うはずがない。

彼は絶対、この王宮のどこかにいるはずなのに。

ルベトは、歯がゆさに顔を歪めた。

「ま、仮に瑞祥君ほどのお方が王宮にいるとしたら……そうね、奥宮でしょうね。王様とその親族の居城と、各署の統括部がある王宮で最も安全な場所だもの」

——奥宮?

ルベトが顔を上げると、孫怜は「奥宮くらいは知ってるでしょ?」と言って前髪をかき上げた。

「知ってるけど……」

そこにはどうやって入れるのだろう。ルベトが孫怜に尋ねると、彼女はあっけらかんと「知らないわよ、そんなこと」と言って笑った。

「奥宮なんて、芸人がめったに入れる場所じゃないしね。まあ、あんたが王様と結婚するだとか、大臣にでもなるっていうんなら話は別だけど」

孫怜はルベトとの会話に興味を失ったのか、腰かけた寝台からぴょんと立ち上がった。

「じゃ、わたし帰るから。それ、ちゃんと飲んどきなさいよね」

そう言って立ち去る孫怜に、ルベトはばつが悪そうに唇を尖《とが》らせた。同じだけ動いて、同じだけ歌ったのに、なぜ彼女はあんなにぴんぴんしていられるのだろう。

——負けられない。

ルベトはぎゅっと拳を握りしめた。

終夏の小宴に出て、月見祭に行くことができれば、ニグレトに会える機会が生まれるのだ。奥宮がそれほどにまで秘められた場所であるなら、なんとか終夏の小宴で勝ち上がるしかない。それにはまず、白面郎役に選ばれなければ。ルベトは孫怜に投げられた薬を口に含むと、ぐいと水をあおった。

3

数日後。午後の日差しの降る空き室で、ルベトはひとりで発声練習をしていた。

臍のあたりに手を添えて、息を深く吸う。次に心を落ち着かせて、頭のてっぺんから音を出すように心がけての発声。「あ、あ、あ」と、最も低い音から、最も高い音まで、ひとつずつ音階を上げていく。そうやって喉を慣らし、声を柔らかくしてから歌の練習に入る。

ルベトは「よし」と肩を回して背中の筋を伸ばした。腕を伸ばしたときに二の腕がずきんと痛んで、思わず唸る。体の節々が痛い。筋肉痛で、体を動かすたびに腕や足が痛む。

それでも、最近はずいぶん体も動くようになったし、声もずいぶん伸びるようになった――と、ルベト自身、少し自負している。

「……『月香歌』」

ルベトは、懐から小さく折りたたんだ紙を取り出して広げる。巻物から月香歌の歌詞を書き写したものだ。毎日眺めているために、折り目がよれ始めている。ルベトは噛みしめるように、歌を口ずさんだ。

今世に相見るとき難《かた》く、朧月夜《おぼろづきよ》に桃花が香る。
花貌《かぼう》白く、簪《かんざし》地に落ち、玉人形骸《けいがい》だけを地に留《とど》め、
春蚕《しゅんさん》辛苦し、身を焼かれて死に至り、涙はじめて止《や》む。
請《こ》い願わくは来世に連理を為《な》し、比翼《ひよく》と成って相見《あいまみ》えん。

ルベトは口をきつく結んだ。
孫怜とともに稽古を受けて、彼女が高慢なだけではない実力の持ち主だと痛感した。
もっと高く飛ばなければ。もっと美しく歌わなければ。孫怜より高く、孫怜より美しく。
彼女を飛び越えなければ、ニグレトのいるところに手が届かない。
そのためにも、期日まで徹底的に技を磨かなければ。努力をすれば技術は研鑽《けんさん》できる。

しかし最大の問題がひとつ。ルベトには、白面郎の行動に納得ができなかった。

（あたしだったら、どんなに好きでも相手を悲しませるようなことはしないのに）

ルベトは、最後に見たニグレトの後ろ姿を想いながら視線を床に落とした。ふいに、ルベトの影に重なるものがある。窓の簾《すだれ》越しに、通りすがった者たちの話し声が漏れ聞こえてきた。甲高い、娘たちの声だ。何やらきゃあきゃあと盛り上がっている。簾でルベトの存在に気が付かないのか、娘たちは誰に憚《はばか》ることもなく猫のような声でお喋《しゃべ》りを楽しんでいる。

なんとなく居心地の悪さを感じて、ルベトは息を潜めて気配を殺した。娘たちは、まさか空き部屋に人がいるとは思ってもいないのだろう。はやく立ち去ってくれないものかと思いながら、簾越しに娘たちを盗み見た。

「ところで、姜子とかいう娘の話、聞いた？」

――あたしの話だ。

思いがけないことに、どきんとルベトの心臓が跳ねた。

「延師も、何を考えてらっしゃるのかしら。よりにもよって蛮族の中でも粗野で無知な虎《こ》人《じん》なんか」

娘の声には棘《とげ》があった。ルベトの胸が、嫌な感じに高鳴る。これは、聞かないほうがいい話だ。ルベトは必死に意識を娘たちから逸らしたが、彼女らの会話は勝手に耳に入ってくる。

「王宮に来るまで野原で馬に乗っていたそうよ。おまけに弓を射るって」

「それに楽器のひとつも弾けないんですってよ。それでよく王宮に仕える芸人になろうだなんて思えたものよね」

くすくすと三人の娘が笑いあう。ルベトは、うつむいて視線を彷徨わせた。

「あの娘のせいで延師の品位が落とされたとあってはおかわいそうだわ。宮廷楽師の延香《えんこう》蓮《れん》といえば、尚の王印を授かるくらいの名士よ。あの何伸様とも、宮廷楽師長の座を争っていらっしゃるというのに」

「そんな娘が、終夏の小宴の候補に選ばれて、延師直々に指導を受けているなんて……」

娘たちの一言一言が、ルベトの胸に小さな棘を刺していく。話を耳に入れながら、ルベトは拳をかたく握りしめた。きゃらきゃらと鈴の転がるような笑い声をたてて、娘たちは部屋の前を通り過ぎていく。ルベトは誰の気配もなくなってから、そろりと部屋の戸を開けた。廊に出て、娘たちが去っていった方角に目を向ける。

——あたし、そんなふうに思われてたんだ。

娘たちは「延師」と言っていたから、弟子たちのうちの三人だろう。

——そんな娘が、終夏の小宴の候補に選ばれて、延師直々に指導を受けているなんて……。

ルベトは娘たちの言葉を頭の中で復唱した。彼女たちは、ルベトが終夏の小宴の候補になっていることを心よく思っていない。もしかしたら、彼女たちだけではなくもっと大勢がそう思っているかもしれない。そう考えると、きゅっと胸が締まった。

いい気になど、なっているはずがない。

ルベトは孫怜の踊りを思い出して、小さく首を振った。

（あたしだって、どうしてあたしが選ばれたのか分からないもの）

ふわりと風が吹き抜けた。青臭い、そして瑞々《みずみず》しい薫りが漂ってくる。若葉と、水と、土の入り混じったにおいだ。ルベトが庭に目を移すと、太陽の光をいっぱいに受けて輝く翡翠《ひすい》の園が広がっていた。碧《みどり》の池に、薄い青葉の天井がかかってきらきらしている。優しく頰を撫でる風に慰められたような気がして、ルベトはパンとおのれの頰を両手ではたいた。

ルベトは、この王宮でニグレトを捜し出すと決めたのだ。王宮に居続けるためには、延蓮の下でしっかりと芸を磨く必要がある。こんなことで気落ちしていては、この先やっていけない。

「そうよ。がんばらなきゃ！」

ルベトが気合を入れて勢いよく歩き出すと、意気込むあまり角から歩いてくる女官とぶつかってしまった。

「きゃ！」

どんと音をたてて、二人はもつれるように床に転ぶ。

「ごめんなさい！　大丈夫ですか⁉」

ルベトは慌てて女官の上から飛び退《との》くと、膝をついて彼女を助け起こそうとした。しかし女官はやんわりとルベトの助けを断って、裾を払いながらゆっくり起き上がる。ルベトは何もできないまま、女官が身を起こすのを見守るしかなかった。

「あの……本当にごめんなさい……」

助けを拒まれるなんて、怒らせたかしら。ううん、きっと怒ってるわよね。

今日は嫌なことばかり起こる。ルベトが重たく顔を伏せていると、意外なことに女官は「大丈夫だから、そう気にならさないで」と穏やかに言った。ルベトが思いもしていなかった言葉に視線を上げると、そこには南国風の燃え立つように美しい女がいた。

「あ……」

ルベトは思わず見とれてしまって、なんと答えればいいのか頭の中が真っ白になった。

女の、長く波打った濃褐色の髪。日に焼けた色の肌。ルベトが見上げるほどの長身と猫のような目に、ほのかな野性味が漂っている。長い睫毛《まつげ》に縁取られた、緑色の瞳が色っぽい。口を半開きにしてもごもごと口ごもるルベトに、女はふっと鼻を鳴らして微笑んだ。

「でも、これからは少し気を付けて」

女性にしてはずいぶん低い声だ。ルベトが縮こまって「はい」とうなずくと、彼女はもう一度小さく笑った。

すごい美人……。

ルベトは、女の背中を見送りながらほうっと感嘆の息を漏らした。きれいで、そして初めて会ったような気がしない。誰かに似ているような、とルベトは首を捻って、ひとり思い当たった。日に焼けた肌に豹《ひょう》のような目。そして何より印象的な緑眼の青年。ルベトが旅の途中で出会った宝石商・アレク。

尚で商いをすると言っていたけど、アレクはいまごろどうしているだろう？

ルベトは言うに言われぬ懐かしさを感じながら、最後に見た彼の微笑みを思い出していた。彼にもまた、会えたらいいな。そんなことを考えながら、ルベトは女官の姿が見えなくなるまで彼女の後ろ姿を見つめ続けた。

＊

初めての稽古から、十五日経《た》った。

その日の稽古の終わり、延蓮はいつものようにルベトと孫怜を道場に並んで立たせ、二人の顔を交互に見ながら、思いもしていなかったことを口にした。

「明日から、私はあなたたちを指導しません。今日で、この曲目で必要な技術はすべてお伝えしました。これより私の手を離れ、選考の日に二人独自の進化と変化を私に見せてください」

「つまり、自分なりの白面郎を演じろってことですか」

孫怜が延蓮に確認するように問うと、延蓮は静かにうなずいた。

そんなまさかと、ルベトは愕然《がくぜん》とした。これからは自分なりの方法で技を磨かなければならない。だが、ルベトと孫怜は、延蓮に師事していた時間が違う。孫怜には芸人としての技術や経験があるが、ルベトにはない。このうえ延蓮の指導を失えば、さらにルベトと孫怜の差が開くことは明白だった。

「延師、お願いです。そんなこと仰らないでください！」

ルベトが縋《すが》るように頭を下げる。しかし、延蓮は首を縦に振らなかった。姜子、となだめるように声をかけて、

「あなたは、いったい何を不安に思うことがあるのですか」

と、延蓮は見透かすような目でルベトに問うた。ルベトは「それは」と口ごもりながら孫怜に目をやる。ルベトの視線に気づいた孫怜が、察した顔で微笑《わら》った。

「あたしはまだまだ未熟者です。延師が指導してくださらないと白面郎を演じられません！」

延蓮が首を横に振る。

「先ほども言ったように、月香歌の振り付けや歌い方の技術はすべてお伝えしました。二人とも、この点では誰も文句のつけようもありません。あとは曲から感じるまま、おのれの白面郎を演じればいいのです。――期待していますよ」

ほかに告げるべきことはないというように、延蓮は道場を出ていった。百合《ゆり》のような後ろ姿が遠ざかっていく。ルベトは、ただ延蓮を見送るしかできなかった。

「なんだか、いつもよりおもしろいことになってきたわ」

孫怜が去り際に笑った。ルベトは奥歯を噛みしめて、孫怜の後ろ姿を睨み付ける。

孫怜はおもしろいかもしれない。彼女ほどの腕前なら、ルベトを下すくらい朝飯前といったところだろう。

あたしはニグレトに会いたい。そのためには、終夏の小宴の踊り子に選ばれ、ほかの楽隊の中から勝ち上がって月見祭に出なければいけない。

孫怜という強敵に加え、ルベト自身の中にも越えるべき壁がある。それは、「白面郎」という役そのもの。

――あたしには白面郎の気持ちが分からない。

恋人のいる娘に横恋慕し、彼女を攫った挙げ句に死なせてしまった悲劇の王子・白面郎。恋人《ニグレト》を攫われたルベトとは、まるで正反対だ。白面郎の役に入ろうとするたび、連れ去られていく間際のニグレトが思い浮かんで心を乱される。

役の中に入ることができない。これは舞台に上がるうえで、致命的な欠点となる。それでもいまはただ、がむしゃらになってやるしかない。ルベトは無心になって、誰もいなくなった道場でひとり白面郎を演じる。やがて太陽が中天を過ぎ、日が暮れ、爪《つめ》が割れて靴に血が滲んでも、ルベトは歌い、踊り続けた。

4

木蓮《もくれん》の木の下に、白い花がひとむら咲いている。

ニグレトは膝をついて、花を撫でた。花の下には、憐れな小鳥が眠っていることを、ニグレトは知っている。ニグレトが小鳥を埋め、小石で小さな墓標を立て、花を添えたのだ。それがいつの間にか、種子を落として新たな命を芽吹かせたらしい。

「きれいに咲いたね」

土の下の亡骸《なきがら》へと語りかけるように、ニグレトはつぶやいた。まるで答えるかのように、さわりと風が吹く。長く伸びた金髪が、肩に揺れた。ニグレトは目を細めると、帯に差した笛を取り出して、歌口に息を吹きこむ。繊細で、どこか悲しげな音色が空へ漂った。

——この空は、白虎ヶ原のきみの元まで続いている。ルベト、きみのところまでこの音が届けばいいのに。

ニグレトは瞼を閉じて笛を奏でる。遠い西の大地——テン族の村。乾いた蒼穹《そうきゅう》の下、ともに時を重ねたルベトのことを想いながら。

かさり。草を踏む音。ニグレトは、人の気配に笛の音を止めた。視線を上げれば、黒髪の美しい娘が立ち尽くしている。手には花。「なぜ、そなたがここにいる」と、もの問うように、娘の黒真珠色をした瞳が開かれている。

「きみは……」

ニグレトは、思いがけない訪問者に少し驚いた。しかし少女の花束の意味を察すると、すぐに薄く微笑《わら》って目を伏せた。

尚の姫・白蓉《びゃくよう》。彼女が携えているのは、土の下に眠った小鳥への弔いの花。

「……来てあげてくれたんだね」

ニグレトが安堵《あんど》した顔で、小鳥の墓標へと視線を移す。白蓉はハッとした顔で咳払《せきばら》いを繰り返すと、「勘違いしないで」と冷淡に返した。

「わたくしはただ、通りがかっただけ」

花を手に、偶然小鳥の墓の前を通りがかる？　ニグレトは彼女の嘘《うそ》に優しい眼差しを投げて、「そうだね」とうなずいた。

白蓉は裾を揺らして、ニグレトの隣に立つ。それから、誰にも悟られないような小ささで息を呑んだ。白蓉の目に、乾いた墓標の色と、花の柔らかな白色がどこか哀愁を帯びて見えた。あの愛らしい小鳥が、すっかり冷たく無機質なものに変わってしまったような気がして、言いようのない虚無感が胸を満たす。

(憐れなものね)

そう心の中でつぶやいて、白蓉は手向《たむ》けの花をそっと供えた。

「きっと、この子も喜んでいるよ」

「死んだものは喜んだり泣いたりしないわ」

白蓉は視線を墓へ向けたまま、そう切り捨てるようにきっぱり言った。

ニグレトはほのかに寂しげな影を眉宇《びう》に落として、白蓉の横顔を見つめた。

「きみたちの世界《尚》ではそうかもしれないけど、僕らの世界《白虎ケ原》では違うよ」

「そういうおとぎ話は嫌いなの。死ねばそれで終わり。人も動物も同じよ」

「……そうだね。――でも」

ニグレトは、まろやかな光を放つ銀色の笛を指で撫でた。彼の桜色の爪が、冷たい色によく映えている。

「僕は思いたいんだ。肉体は滅びても、心は消えないって」

肉体という頸木《くびき》を離れた心は、万物に宿って愛《いと》しい者の傍らに寄り添う。この死んだ小鳥も、そうであればいいと思う。

「そうじゃないと、あまりにも悲しすぎるだろ」

残す側も、残される側も。

慈しむように、ニグレトが白蓉に微笑む。白蓉は、その大きな目をいっぱいに見開いた。ニグレトの磨き上げられた真珠のような肌と、長く伸びた金糸の髪。瞼や唇には、艶《つや》がある。金銀の刺繡《ししゅう》をたっぷりと施した絹の衣さえくすむ美しさを纏った彼は、瞬きも許さないほど輝いて見える。

白蓉は、胸をえぐられた気がした。

痛い。胸が――心が痛い。この男は、なぜ、優しい言葉でこんなにもわたくしの心をいたぶるの。

白蓉は、痛む心臓を押さえてその場にうずくまった。前かがみになって、あえぐ。胸が痛い。これは心臓の痛み？　心の痛み？　分からない。

「白蓉⁉」

ニグレトはとっさに白蓉の体を支え、その面をのぞいた。白蓉は肩を揺らしてゼイゼイと息を荒らげ、胸を押さえて苦悶《くもん》に耐えている。これはただごとではない。はやく、誰かに報《しら》せなければ。ニグレトは、白蓉の体を抱き上げた。そして愕然とする。彼女の体は、あまりにも軽い。

「白蓉様に気安く触れるな‼」

怒りに震える声が響いた。雑に結った黒髪に、烏《からす》の羽色の服を着た少年。彪《ひょう》だ。彼は眦を吊《つ》り上《あ》げて、険しい表情を浮かべている。

「いまはそんなことを言ってる場合じゃないだろ」

ニグレトは窘《たしな》めるようにそう言って、白蓉を抱きかかえたまま足早にその場をあとにする。彪は拳を握りしめながら、白蓉の苦しげな顔に奥歯を噛みしめた。彪は肩を震わせて「ちくしょう」と吐き捨てると、ニグレトの跡を追って駆け出した。

「彼女は、胸が悪いの？」

白蓉が眠る部屋の前で、ニグレトは彪に尋ねた。女官たちが二人ほど、ぱたぱたと出入りを繰り返している。医者はもう去ったから、容体は落ち着いているのだろう。

「おまえに関係ないだろ」

彪が拒むように答える。ニグレトは小さく肩を落として、「そうだね」と寂しく笑った。ぱたん。扉を開けて、壮年の女官が二人の前に進み出る。彼女は恭しく頭を下げると、「もう大丈夫ですよ」とにっこり笑った。

「医者殿も、しばらく安静にしていれば問題ないと仰っていましたし、薬湯も処方していただきました」

「そっ、そうか……！」

彪が、心底安心した顔で息を吐く。ニグレトはその安堵の色を見届けて、彪のそばからふらりと離れた。

「おい！　おまえ、どこに行く」

「部屋に戻るんだ。きみが姫君のそばにいれば、僕がいなくても安心だろ」

そう答えて笑うニグレトに、彪は口角を引き攣らせながら頬を染めた。

ニグレトが与えられている部屋に戻ると、扉の前に紫色の衣を着た老人がいた。彼は恭しく石造りの床に膝をつき、「ご機嫌麗《うるわ》しゅう」と深々頭を下げる。

「……何か御用ですか」

ニグレトは声を落として尋ねた。下から見上げるような三日月目が不愉快だ。彼はテン族の襲撃の際、ニグレトを見いだした男。ニグレトにとっては、尚で最も嫌悪感をあおられる者だった。

「本日はあなた様にささげものを」

老人が手を叩くと、後ろに控えていた男が前に進み出た。手には、漆塗りの箱を高々と掲げている。

「これは……」

「絹織物《きぬおりもの》の着物でございます。あなた様のお召し物としてふさわしいよう、意匠を凝らして誂《あつら》えさせました」

ニグレトは眉を顰めた。老人の視線が、体のいたるところに纏わりついてくるのを感じる。

「まことに、お美しくなられましたな」

老人はニグレトの髪と唇を舐《な》めるように見つめ、首元から細い指の先までを視線でたっぷり愛撫《あいぶ》した。老人の干からびた枝のような指が、そっとニグレトの頬に伸びる。

「清恭《せいきょう》、何をしている」

よく通る声が響いて、老人の手がぴたりと止まる。彼は慌ててかしずくと、大罪人のように深く頭を垂れた。

「玄柊《げんしゅう》様。わが君……」

ニグレトの体が強張《こわば》った。ぎこちなく振り向けば、能面のように無表情な顔をした男がじっとニグレトと老人を見つめている。陶磁器のように冷たい色をした肌に、藍色の瞳。

若き尚の王、玄柊その人だ。

「なぜ、そなたがここにいる」

玄柊が簡潔に老人へ尋ねる。物言いと相まって、細い眉に切れ長の目が、どこか冷淡な印象を与えた。

「瑞祥君にお召し物をお持ちいたしました」

「そういうことは、蘇宮司《そ》を通せ。無駄な確執を生む」

わずかばかり眉を顰《かが》めて、玄柊が老人——清恭を咎《とが》める。「ははっ」と声を上げて、清恭はさらに腰を屈めた。

「瑞祥君、倒れた白蓉を運んだのはそなたと聞いた。手間をかけたな」

玄柊がニグレトへと視線を移す。ニグレトが目を逸らしつつうなずいたとき、穿《うが》つようでいてどんよりと重い視線を感じた。ニグレトが顔を上げると、一瞬の間、拱手《きょうしゅ》しつつ二人を睨みあげる清恭と目が合った。闇の淵《ふち》をのぞきこむような——あるいは獲物を捕らえた蛇のような目に、ニグレトはぞわりと肌を粟立《あわだ》たせる。そんなニグレトを嘲《わら》笑うかのように、清恭は口角を上げた。

「では、また……」

喉に籠もるような声で告げて、清恭は供を引き連れ下がっていく。ニグレトの背筋に、不快なものが走った。

「清恭は気を利かせすぎるきらいがある。悪く思うな」

玄柊は、声色も変えずニグレトへ告げる。「いえ」と視線を落としたまま答えて、ニグレトは軽く腕を摩《さす》った。

二章　亡国の王子

1

白面郎《はくめんろう》役を巡る選考を十日後に控えた、昼下がりのことだった。

青い石の床に、花の模様が織り込まれた深紅の絨毯《じゅうたん》。ゆったりとした革張りの長椅子《ながいす》の前には、大理石の机が置かれている。机の下には、割れた花瓶の水が絨毯に黒い染みをつくっていた。

「姜子《きょうし》。この花瓶を割ったのは、あんただってね」

不機嫌な顔をした中年の女官が、腕を組んでルベトに迫る。ルベトは開いた口が塞《ふさ》がらなかった。違う。あたしじゃない。ルベトは慌てて首を振る。

歌の特訓の最中《さなか》、見知らぬ女官に呼び出されて、ついてきてみればこれだ。もちろん、ルベトに花瓶を割った覚えなどない。

「おかしいね。昼前、あんたが割ったところを見たという証人が複数いるんだが」

疑わしげに眉《まゆ》を顰《ひそ》めて、女はルベトを睨《にら》み付《つ》けた。太い眉の下の眼光が、ルベトを非難している。素直に告白しろ、とでも言いたいのだろう。

「違います！　あたし、この客間には入ったことありません！」

ルベトは声を上げて否定した。先ほどまで歌の稽古《けいこ》で別室にいたし、そもそも貴人用の客間など用もないので一度として足を踏み入れたことはない。ルベトには本当に身に覚えがないし、なんのことだかさっぱり分からない。

「では、複数の証人は嘘《うそ》をついていると？」

女は、ふうんと鼻を鳴らして唸《うな》った。ルベトと決めつけているような態度だ。ルベトは胃がむかつくような苛立《いらだ》ちを堪《こら》えて、「見間違いがあったんじゃないでしょうか」と答えた。ルベトの髪や顔をじろじろと眺めながら、「見間違うかねえ」と女は大げさに首を捻《ひね》る。

「これはね、先代の尚《しょう》王の母君が収集なさった瑠璃《るり》細工の花瓶なのよ。あんたの給金の十年分払ったって買えないような品なの。正直に白状して謝るのなら野良猫の仕業ってことですませてやろうかと思ったけど、しらばっくれるならそうもいかないよ」

隠しきれない憤りをあらわにして、女がルベトに詰め寄る。ルベトは眉根を寄せながら、「本当に、あたしじゃありません」と身を乗り出した。気づけば、格子のかかった窓越しに、藍色《あいいろ》の服を着た三人娘がルベトをうかがい見ている。身を寄せ合って、目を細めながらせせら笑っていた。見覚えがある。延蓮《えんれん》の弟子たちだ。

——あの子たちだわ。

ルベトは直感的に察した。ルベトが終夏《しゅうか》の小宴《しょうえん》の候補に挙がっていることが気に入らないのだろう。その腹いせだろうと思うと、やるせない思いが胸を締めつける。あたしは、彼女たちにとってそんなに邪魔な存在なのか、と。

「こういう高級品は、壊したら上に報告しなくちゃいけないのよ。場合によっちゃ、何十年かかろうと弁償なんてこともあるんだからね」

冗談じゃない。あたしはやってない。濡《ぬ》れ衣《ぎぬ》なのに、どうしてこの人は信じてくれないの。ルベトは悔しくて情けなくてたまらない気持ちになった。

「それを割ったのは、その子じゃないわ」

聞き覚えのある声が、ルベトと女の間に割って入る。ルベトが振り向くと、そこには日に焼けた色の肌をした女官がいた。先日、ルベトが廊でぶつかった女官だ。

「姜子じゃないって……」

「その子、昼時までわたしと一緒にいたもの。ねえ」

ルベトは耳を疑った。この人はいま、なんと言った？

「一緒に書庫で木簡《もっかん》を捜してたのよ。手伝ってくれて助かったわ」

でしょう、と言って女官がルベトに微笑《ほほえ》みかける。ルベトは書庫など入ったことはないし、この美しい女官とともに木簡を捜してもいない。ルベトが戸惑いながら女官に視線を向ける。女官は話を合わせろというように片目をつぶった。

「でも、姜子がこの花瓶を落としたのを見たって証人がいるんだよ」

「見間違いじゃなくて？　似たような背格好の娘なら、王宮にはごまんといるでしょう」

くすっと鼻を鳴らして女官が笑う。

「そうそう。上官がお呼びよ。いますぐですって。――この子がやったって物証はないんだし、行ってもよろしくて？」

女官が、意味ありげに中年の女官に視線を投げる。彼女は何かごちゃごちゃとしたことをつぶやいていたが、やがて猫を払うように手を振った。行け、ということだろう。

ルベトは客間を出て、女の元に駆け寄る。やはり間違いない。その日に焼けた肌の女官は、以前、廊でぶつかった女《ひと》だ。彼女はルベトと目が合うと、口元だけで微笑んだ。

「あ、あの……！」

「とにかくここを離れましょう。話はそのあとで」

女官がルベトに耳打ちする。振り向けば、客間ではまだ女がルベトを疑うような目で見ている。慌てて視線を落とすルベトの手を引いて、異国の風貌《ふうぼう》をした女官は人気《ひとけ》のない建物の一室に足を進めた。彼女は入った部屋の戸に鍵《かぎ》をかけ、窓を閉めて、ひと息つく。

「前にも、お会いしましたよね……？」

改めてルベトが問うと、女はぐっとルベトに向かって鼻を近づけてきた。突然のことに、思わず身をすくめる。そんなルベトがおかしかったのか、女はくつくつと喉《のど》を鳴らして笑いだした。やはり、女にしては異様に低い声だ。

「おまえ、まだ気づかないのか」

その声に、ルベトはわが耳を疑った。ルベトは、この声を知っている。しかし、そんなまさか。ありえないはずだ。この声の主は——。

「アレク……？」

ルベトが怪訝《けげん》な顔で問うと、彼女は「おう」と答えてにやりと笑った。ルベトが呆然《ぼうぜん》と立ち尽くしていると、アレクは困り顔で白い歯を見せる。

「おいおい、久しぶりだっていうのにその反応か？」

その言葉を聞くや否や、ルベトは体当たりのように彼の胸に飛び込んでいた。きつく背中を抱きしめる。女ものの衣の下に、硬い胸板を感じる。淡い麝香《じゃこう》のにおい。細いがしっかりと重みのある彼の体は、ルベトをやすやすと包みこんだ。

「アレク、本当にアレクよね？」

子犬が飼い主に飛びついて尻尾《しっぽ》を振るように、ルベトはきらきらと瞳《ひとみ》を輝かせた。

「俺以外にこんな男前がいるか？」

「だって、あなた、こんな格好をしてるんだもの！」

アレクは誇らしげに「似合ってるだろ」と片眉を吊《つ》り上《あ》げながら妖艶《ようえん》に微笑む。ルベトは「ばかね！」と満面の笑みを浮かべながら、アレクの胸をトンと小突いた。

ああ、アレクだ。間違いない。

ルベトの心の中に、喜びが堰《せき》を切って溢《あふ》れ出《で》た。ルベトがアレクを見上げると、アレクも目を細めて視線を返す。

「ゆっくりと話をしたいところだが、ここはいつ人が来るか分からない。日を変えて、きちんと話そう。いいな？」

ルベトの髪を撫《な》でまわして、アレクが提案する。ルベトは「うん」と大きくうなずいた。

「王宮じゃあまり気も休まらないだろう。外出許可を取っておけよ。久しぶりに遠乗りをしようぜ。朱衣《あけぎぬ》も連れてこいよ」

「……でも、あたし、もうすぐ舞台の選考があるの。遠乗りだなんて……」

笑顔を曇らせながら、ルベトが首を振る。

遠乗りには行きたい。しかし、まだ白面郎の演技が完成していない。選考まで残りの日にちはあとわずか。それなのに、稽古を休んでいいものだろうか。ルベトは重たい気持ちで、溜息《ためいき》をこぼした。

「その顔色じゃ、うまくいってなくて煮詰まってるんだろ？　ちょっとした気分転換も大事だぞ」

「気分転換？」

「ああ。俺を信じてついてこいよ」

そう言ったアレクの助言に従って、次の日、ルベトはさっそく外出許可の申請を試みた。

芸人であるルベトが町に出るには、師事する者と女官長たる者の許可がいる。ルベトは延蓮の許可を得、足早に文曲殿《ぶんきょくでん》と呼ばれる建物へと向かった。文曲殿は、女官たちの総本部といえる建物で、その規模は王宮内でも有数だ。赤く、立派な門を通って玄関へ向かおうとしたとき、どこからか弦を弾く音が聞こえた。二胡《にこ》の音だ。ルベトは足を止めて、しばしぼんやりと耳を傾ける。晴天に、麗《うるわ》しい音色がよく響いている。

（なんてきれいな音色だろう）

ルベトがうっとり目を閉じたとき、何か硬い物が後頭部に投げつけられた。

「あいたっ！」

ルベトは痛む頭を押さえつつ、周囲を見渡す。が、誰もいない。その代わり、小さな鶯色《うぐいすいろ》の靴が地面に転がっているのを見つけた。

「靴？」

なぜこんなものがここに？　それも、一つではなく二つも。

「そこの者」

「え？」

突然声をかけられて、ルベトはきょろきょろとあたりを見回した。だが、やはり誰もいない。空耳かしらとルベトは訝《いぶか》る。空耳にしては、ずいぶんはっきりしている。

「ここだ、ここ。上」

（上？）

ルベトが声に導かれるまま上を向くと、文曲殿の二階の露台から、女の子がルベトを見下ろしていた。そばかすひとつない白い頬《ほお》。丸く張った額。太い眉に、どんぐりのように円《つぶ》らな瞳。二重の幅は広く、少し重たげな印象がある。なんと可憐《かれん》な容姿だろう。

「靴が当たって申し訳ないが、申し訳ないついでに少し頼まれてくれ」

「た、頼まれるって？」

「いまから着物を投げるから、受け取れ」

着物を投げる？

ルベトが首を傾《かし》げたとき、少女は露台からバサバサと着物を放り投げた。視界が真っ白に覆われてあたふたともがきつつ、ルベトはなんとか顔の上から着物をはぎとった。高級な生地でできているのか、ずいぶん重たい。

「そこにいては危ないぞ」

「こ、今度は何するの⁉」

「うん？　その木に飛び移る」

女の子は露台の手すりに身を乗り上げて、近くに生えていた木の枝を指さす。ルベトは血の気がひく思いがした。

「危ないわ！」

「平気だ。いつもやっている」

ルベトの言葉に耳を貸さず、女の子は手すりを跨《また》いだ。短い腕を精一杯に伸ばして、飛距離とタイミングを計っている。目測がついたのか、「うん」とうなずいて、少女は体を弾ませた。

――だめ！

ルベトは思わず目を瞑《つぶ》ったが、少女が地面に叩《たた》きつけられることはなかった。木の枝に細い身を乗せて、ルベトをくすくす笑っている。

「そんなに心配しなくても良い」

と言って、少女はゆさゆさと枝を揺らして見せる。木の葉やら虫やらが、ばらばらと派手にルベトの上に降り注いだ。

「ちょっと！」

ルベトが抗議すると、あははと楽しそうな笑い声が鳴る。そのとき、ミシッという不吉な音がルベトの耳に聞こえた。揺すられた枝が軋《きし》む音だ。

——枝が……！

ルベトが思った瞬間、少女に揺すられていた枝がへし折れた。

「あっ」

少女がつぶやく。枝が落ちる。支えを失った少女の体も、宙に浮いた。ルベトはとっさに着物を持った腕を広げて、少女の真下に走る。考えるより先に、体が動いていた。

バサバババサッ！

木の葉や小枝が派手に音をたてる。ものすごい衝撃が腕に走って、前のめりに転げる。その先は一瞬のできごとで、もはや覚えてもいなかった。

（ちゃんと、受け止められた⁉）

ルベトはおそるおそる片目を開ける。

間一髪、間に合ったようだ。女の子が、きょとんとした顔でルベトの腕の中にいる。ルベトの手に持っていた着物と、転んだ先の木の枝がいい具合に衝撃を緩めてくれたようだ。

「大丈夫？」とルベトが尋ねると、少女は呆然としたままコクンとうなずいた。少女を立たせて手足の様子を見てみる。触っても痛がらないから、骨折もしていないようだ。ルベトはほっと息を吐きつつ露台を見上げる。この高さから落ちたのだから、運が良かったとしかいいようがない。

「な、なんて危ないことするの！」

「あ……」

ルベトの怒声で我に返り、少女は身をすくませた。

「あんなところから落っこちたら、ただじゃすまないのよ！　そんなことも分からないなんて、ばかだわ！　だいたい……」

「ばっ、ばかじゃない！　無礼者！」

少女から予想もしていなかった言葉が飛び出して、ルベトは思わず続きを呑《の》んだ。無礼者だなんて、まるで王様のような言葉づかいではないか。なんだかおかしくなってルベトが噴き出すと、少女は訝しげに首を傾げた。

「このわたしに説教など恒琳《こうりん》でもめったにせぬぞ。わたしをいったい誰だと——痛っ」

少女が顔を顰《しか》める。おそるおそる少女が腕を上げると、手の甲に枝でこすったような傷があった。たいしたことはないが、少し血が滲《にじ》んでいる。

「手を切ったのね。ちょっと待って」

ルベトは懐から手巾《しゅきん》を取り出して、少女の手に巻き付ける。

「痛いでしょうけど、この程度ですんで良かったわ」

「うむ。褒めてつかわす」

「あのねえ、こういうときは『ありがとう』って言うの！」

ルベトは少女の鼻先をチョンと突く。すると、少女はきょとんとした顔で小突かれた鼻先を掌《てのひら》で覆った。それからおずおずと小さくつぶやく。

「あ、ありがとう……」

「どういたしまして、お転婆なちびちゃん」

ルベトは少女の肩でうねる虫を一匹摘まんで、放り投げた。ついで、髪にはりついた木の葉を払ってやる。

「わたしは緑桂《りょくけい》という。そなたは？」

緑桂は、ルベトに向かって愛くるしく微笑んだ。ルベトは緑桂の乱れた襟元を直しつつ
「あたしは姜子よ」とおのれの名を名乗った。

「姜子のこと、気に入ったぞ」

「それは光栄だわ」

ルベトはおかしくなって、心の底からの笑顔を浮かべた。この愛らしくて小さな王様に気に入られたのなら、それは大いに光栄なことだ。

「ひとりで帰れる？　送っていきましょうか？」

緑桂の年頃は十歳にも満たないというほどだろう。目立った外傷はないにしろ、ひとり

で帰すのは心許《こころもと》ない。緑桂の持つ無邪気な可憐さが、ルベトを不安にさせる。

「大丈夫。迎えが来たようだ」

そう言って、緑桂はルベトの後方へと目を向けた。ルベトもつられて視線を向けると、黒髪を雑に結った少年が建物の下に佇《たたず》んでいる。短い袖《そで》から見える腕は傷だらけで、腰には帯刀《たいとう》していた。

「もう行かなくてはな」

緑桂は名残《なごり》惜しげに溜息をつくと、ルベトにぎゅっと抱き付いた。美しい黒髪から一本簪《かんざし》を引き抜いて、ルベトの手に握らせる。

「ご褒美」

ルベトは握らされた簪に目を落とした。小粒の真珠を連ねて木犀《もくせい》の花を模したものらしい。銀でできたそれは、相当な高級品に見える。

「ちょ、ちょっと待って……！」

「姜子、また会おう」

手早く別れの挨拶《あいさつ》をすませ、緑桂は少年の元へと駆け寄っていった。ルベトは簪をおっかなびっくり握りしめながら、「ええ」と困った顔で小さく唸る。

「こんな高そうなもの、受け取れないわよ……」

泣きごとのようにつぶやいたあとで、ルベトはふと首を傾げた。

——あの子、また
って言った？

訝りつつ、ルベトは少女の後ろ姿を見送る。

「ちょっとあんた、そんなところで何やってんの！」

怒鳴るような大声で叫ばれて、ルベトは「きゃっ」と身をすくめた。振り向けば、向こうから庭師の男が箒《ほうき》片手に駆け寄ってくる。

「困るよ、勝手に枝を折ったりして」

「いえ、あたしじゃなくて……。女の子が木登りしてたんです」

「女の子ォ？」

鼻の下を伸ばすように庭師は唇を窄《すぼ》めた。あたりを見回して、ハアと盛大に溜息をつく。

「とんだやんちゃがいたもんだ」

ぶつくさ言いながら、庭師は折れた枝や散った木の葉を片づけ始めた。ザ、ザと箒の先が乱暴に音をたてる。ルベトは自分が責められているような気持ちに陥りながら、その場をあとにした。

2

思い切り大地を駆ける高揚は、ルベトの血を滾《たぎ》らせた。

地を蹴《け》り進む振動、鋭く頬を打つ風、朱衣の荒い息遣いと鼓動を全身に感じる。今日までのうっぷんを目いっぱい晴らすように、朱衣はどこまでもどこまでも走った。

「あまり飛ばすなよ！　これでも白斗《はくと》はか弱い乙女なんだぜ」

後ろから朱衣に追いついて、アレクがルベトに叫ぶ。ルベトはアレクを一瞥《いちべつ》すると、

「そのわりに」と声を上げた。

「白斗は闘志がみなぎってるみたいだけど」

「当たり前だ。なんてったって、俺の馬だからな」

ぱち、と片目を瞑ってアレクは合図を送った。朱衣の前に出るつもりなのだろう。ルベトは手綱《たづな》で朱衣に指示を送る。朱衣は高くいななくと、一気に加速を始めた。白斗との距離をぐっと広げる。白斗も負けじと朱衣の尻《しり》を追う。二頭は、心の赴くままに競い合って走った。

しばらく馬を好きに走らせたあと、ルベトとアレクは山里の崖《がけ》の上で休みを取った。

ルベトは水筒の水を朱衣に飲ませ、木に手綱を括《くく》る。ぽんぽんと馬首を撫でると、朱衣は耳を回して喜んだ。ルベトはそんな朱衣のそばに腰を下ろして、荷物に入っていた乾《ほ》し飯《いい》を齧《かじ》る。ぱりぱりしていて、あまり味気はない。しかし、昼時のすきっ腹にはなんでもおいしく感じる。

（たくさん走ったなあ……）

こんなに思い切り馬を走らせたのはいつ以来だろう。ルベトは体を伸ばしながら、地面の上に寝転がった。三日後に選考が控えているのが、嘘のように伸びやかな気持ちだ。甘い土のにおいが鼻をくすぐる。尚の土は、深みがあって甘いにおいがする。それだけ肥沃《ひよく》な大地だということだろう。

ルベトの着ているのはいつもの官服ではなく、筒袖《つつそで》、左衽《さじん》の上着に、ズボンという男性用の衣装だった。官服とは違い、ゆったりとして心地がいい。アレクもルベトと同じ旅装束を纏《まと》い、崖先の小岩の上に腰を下ろして、じっと景色を眺めている。

アレクってば、さっきから何を見ているんだろう。

ルベトはのそりと身を起こして、アレクの真後ろに立つ。彼の背中越しに下を眺めてみると、大きく開けた田畑に街道が広がっていた。まばらに人の行き来がうかがえる。

「何を見ているの？」

「何も」

アレクは振り返らないまま答える。ルベトは嘘つきねと唇を尖《とが》らせて、彼の近くに腰を下ろした。

「誰か知り合いが通るの？」

「そんなところだ」

素っ気なく答えるアレクにムッとしながら、ルベトはもうひとつ乾し飯を齧った。ちゃんとこっちを向いて話をしてよ。ルベトはバリンと音をたてて乾し飯を嚙み砕《かくだ》いた。

しばらくして、人の気配が絶える。そこでようやく、アレクはルベトに顔を向けた。

「おまえ、何か瑞祥君《ずいしょうくん》に関する情報は摑《つか》めたのか」

アレクの言葉に、ルベトは首を横に振った。

「でも、あたし、もしかしたらニグレトに会えるきっかけが摑めるかもしれないの」

そう答えたルベトに、「へえ」とアレクは興味深そうな顔で身を乗り出した。

「聞かせろよ、その話」

ルベトの話に耳を傾けたあと、「そうか」とうなずいて、アレクは空を仰いだ。

「つまり、その終夏の小宴の選考に勝てば、瑞祥君への道が拓《ひら》けるってことか」

アレクの言葉に、ルベトはこくりとうなずいた。

「でも、延師には口外してはいけないって言われたの。凶兆ならともかく、瑞祥君はいい徴《しるし》なんでしょ？」

不思議よね。ルベトが首を捻ると、アレクは「そりゃあな」と肩をすくめた。

「物事には準備と順番ってものがあるんだ。瑞祥君が現れたって噂《うわさ》が立てば、国民はその姿を拝みたがるだろ。でも、その前にいろいろすることがあるのさ」

することと？

ルベトは疑問に思ったが、尋ねる前にアレクが口を開いた。

「奥宮に目を付けたのはなかなかいい線だ。瑞祥君ほどのものを隠すなら、あそこしかないだろうからな」

奥宮は、王宮で最も秘された場所だとアレクは続けた。

「おまえの師匠の延蓮は、王宮付の芸人の中でも位の高い役職についてるんだろ。なんと言ったか……」

「ええ。宮廷楽師を務めていらっしゃるわ」

ルベトの答えに、アレクは豹《ひょう》のような目を一瞬だけ見開いた。

「なら、奥宮にも出入りできる身分のはずだ。尚王・玄柊《げんしゅう》って奴《やつ》は色より楽を好むといわれているからな。気に入った宮廷楽師たちには、かなりの特権を許していると聞く」

ルベトは、アレクから視線を逸《そ》らしてうつむいた。延蓮が尚王に近しい存在だと思うと、複雑な気持ちになる。

「――で、選考はうまくいきそうなのか?」

ルベトは孫怜《そんれい》の姿を思い浮かべて肩を落とした。彼女がルベトの前に立ちはだかるかぎり、ニグレトは遠い。

「選考で白面郎役を争う孫怜は、とてもすごい踊り手なの。悔しいけど、あたしなんて足元にも及ばないわ」

「孫怜ってのは、そんなに手ごわいのか」

「うん。年はあたしと同じくらいだけど、ずっと前から王宮にいるみたい」

ルベトが頼りなく答えると、アレクはそうかと顎《あご》を撫でた。

「それにね、あたし……白面郎の役に入れないの」

ルベトはいままで堪えていたものを解くように、アレクに胸の内を打ち明けた。

どうして、白面郎は好きな人を不幸にするようなことをしてしまったのだろう。そのことが、ずっとルベトの胸に引っかかっている。あとに残された娘の恋人は、どんな気持ちで彼女の死を受け入れるのかと考えると、やりきれない思いがする。

「白面郎がその娘に惚《ほ》れてたからだろ」

分かりきったことだと、アレクは眉を顰めた。

「アレクは好きな娘《ひと》に恋人がいたら、白面郎みたく攫《さら》ってしまう？　娘や、その恋人、娘の家族が、どれだけ悲しむのか考えもしないで？」

ルベトが憤然としてアレクに迫る。

「おまえには分からないだろうが、俺にはなんとなく分かるよ。誰を悲しませるとか、そういうことじゃないんだ」

「どういうこと？」

答えに縋《すが》るかのように、ルベトがアレクに顔を寄せる。アレクは動じることなく、ルベトを見つめ続けている。二人は目と目を合わせたまま、わずかの間身じろぎひとつせずにいた。

「——たとえば、その娘の恋人とやらが不甲斐《ふがい》ない男だったとするなら、話は簡単だろ」

アレクが切り出す。

「娘を幸せにできない男を見て、白面郎はこう思う。そんな男より、俺のほうが幸せにしてやれる。俺なら、ずっとそばにいて守ってやれる。悲しい思いやつらい思いを、絶対にさせない。——娘を攫ったあとのことなど、どうでも良くなるほど娘を愛し、焦がれている」

アレクは含みを持った眼差《まなざ》しで、ルベトの目をじっと見つめる。アレクの言葉に一瞬戸惑うように、ルベトは目を瞬《またた》かせた。そんなふうに、考えたことはない。けれど、アレクの言い分には納得がいくところもある。難しい表情を浮かべるルベトの額を、アレクはピンと指ではじいた。

「ちょっと、痛いわ！」

ルベトは額を押さえながら、アレクに抗議する。そんなルベトに、アレクは小さく声をたてて笑った。

「そう考えこむなよ。どうせ何もかも、なるようにしかならないさ」

ルベトは、アレクの言葉に目を伏せる。それはいまのルベトにとって、難しいことだ。

「もし仮に、おまえが選考で落とされたとしてもだ。おまえが優れた技を身につければ、奥宮に入る機会が訪れるかもしれない。延蓮に師事したってのは、かなりうまいぞ」

今度がだめでも、次の機会は必ずある。そう暗に励まされた気がして、ルベトはためらいがちにうなずく。

「うん……」

アレクの言葉にほんの少しだけ肩の荷が下りた気がして、ルベトはほっと息を吐いた。尚に来てから、初めての安堵《あんど》だった。ぴんと張り詰めた緊張の糸が、ようやくゆるんだ。そんな気がする。

人の気配を感じて、ルベトは崖の下へ注意を向けた。

「ねえ、アレク。また人が来たわ」

ルベトが崖下を指さす。アレクもうなずいて視線を投げた。街道に、商人の一行らしき姿が見える。男が二人先頭に立ち、後ろに馬車が続く。後列には二人の男が並んでいた。体格は非常にいいが着ているものはみすぼらしく、薄汚れている。男たちは鋭い眼差しで四方に目を配っている。馬車は屋根がついているので中まで見えないが、何かたいせつなものでも積んでいるのだろうか。

「なるほど」

アレクがぽつりとつぶやく。ルベトは首を傾げると、アレクの横顔をじっと見つめた。

そんなルベトの視線に気づいて、アレクは意味ありげに微笑んだ。立ち上がって風よけのスカーフを巻き、ルベトに「来いよ」と促す。

「町に戻ろうぜ。会わせたい連中がいる」

3

人気のない、酒瓶や食べ残しが転がっている路地をルベトとアレクは歩いていた。がたがたの石畳、崩れかけた屋根の家、門前に打ち捨てられた家具。道端には、まだ夕方にもなっていないのに酔いつぶれた男が何人か眠っている姿があった。

尚の首都・上陽《じょうよう》に戻ったルベトとアレクは、町の中心部から外れた路地に入った。振り返れば、色鮮やかな提灯《ちょうちん》を連ね、喧《やかま》しい賑《にぎ》やかさに沸《わ》く街並みが遠く見える。

「ねえアレク、どこに向かっているの？」

「行けば分かる」

アレクはそう言って、足を進める。不思議に思いつつも、ルベトは黙って従うほかない。

しばらく進むと、宿場街に出た。建物全体が赤色に塗りつぶされ、灯籠《とうろう》は朱色。瓦《かわら》は黒く、派手な幟《のぼり》が立っている。華やかだが毒々しい。どうやら、ふつうの宿場街ではないようだ。町の中心部に漂っている城下町らしい熱気はここには及んでおらず、寝静まっているように人気がない。

アレクは宿場街の一角で立ち止まった。ルベトも、足を止める。

「ここだ、周旅社《ジョウリューシュー》」

ルベトはぽかんとして、その建物を見上げた。屋根の瓦は半分雪崩《なだ》れ落ち、苔《こけ》むしている。積まれた石垣はところどころ欠け、雑草が茂っていた。見た目は古い寺のようだが、門上には「周旅社」と看板が掲《かか》げられている。アレクは白斗の手綱を引き、門を潜《くぐ》って戸を開く。ルベトも、慌てて後ろに続いた。

「ここ、なんの店？」

「その名のとおり、なんの変哲もない旅館だ」

建物の中は薄暗く、土間には薪が乱雑に積まれていた。どこにも人の姿はない。本当に旅館を営んでいるのだろうか。アレクは迷うことなく土間を進んだ。窓は閉め切られ、空気は籠《こ》もっている。

「おい、ゼハル。俺だ！」

「アレク？」

ルベトが眉を顰めると、奥のほうで物音がした。その後、いっせいに窓を覆っていたカーテンが開く。

「な、なに⁉」

ルベトが肩をすくめて一歩飛《と》び退《の》く。アレクの肩越しに、人影が見えた。

窓からの日差しで、建物の中が照らし出される。薄汚れて手入れされていない土間。竈《かまど》には古い鍋《なべ》と、洗っていない食器が小山を作っていた。あたりには机がいくつか並んでいるが、すべて白く埃《ほこり》を被《かぶ》っている。

「おかえりなさいませ」

アレクは、「ああ」と慣れたふうに口をきいた。恭《うやうや》しく、老人が頭を垂れる。彼の後ろには、五、六人の男たちが膝《ひざ》をついている。日に焼けた色の肌。体つきは細身だが、軟弱さは少しも感じられない。みな鼻が高く、顎が細い。

「ねえ、アレク。ここはどこなの？　あの人たち、あなたの知り合い？」

「何者じゃ」

老人がルベトを睨み付ける。小柄だが姿勢は良《い》い。長い白髪をきっちりと結い、目尻《めじり》と額には深いしわが刻まれていた。服装は尚の町人のものだが、その彫りの深い容貌《ようぼう》は明らかに異国のものだった。

「俺の客人だ」

アレクがそう答えると、ゼハルと呼ばれた老人は口を噤《つぐ》んで、

「これは失礼いたしました、王子」

と、また頭を垂れる。

（王子？　王子ですって……？）

戸惑っているルベトに微笑んで、アレクは「大丈夫だ」とつぶやいた。

「アレク、どうなってるの？」

ルベトが怯《おび》えるようにアレクに問いただすと、老人は「喝《かつ》」と声を荒らげた。

「娘、言葉を慎まぬか！　このお方を誰と心得る！」

――このお方？

「わ、わけが分からないわ」

ルベトがアレクから二、三歩距離を取ろうとしたとき、アレクの手が伸びてルベトの体をそばに留《とど》めた。

「この娘は瑞祥君の恋人であり、カルラの眼を持つ者だ」

周囲がざわめいた。老人は狼狽《うろた》えたように眉を顰める。

「では王子、この娘が……？」

「ああ」

アレクはうなずいた。

「ちょっと、何なの⁉」

何がいったいどうなっているのか、状況が呑みこめない。ルベトが声を上げたとき、老人は穿《うが》つような目でルベトを睨み付けた。

「そなたがアレク、アレクと気安く呼ぶ方がどういうお方か、分かっているのか？」

老人は蔑《さげす》むように言った。ルベトはムッとしながら、今度は逆にアレクの腕をぐっとそばに引きよせる。

「分かっているわ。アレクは宝石商で、あたしをいつも助けてくれる大事な友だちよ！」

ルベトがゼハルを睨《にら》み返したとき、彼は「愚か者」とつぶやいて、深く盛大な溜息をこぼした。

「このお方は我らが尹国《いんこく》の王子、アレクシス・ウィリディタス・シャーハンシャー様だ」

ルベトは耳を疑った。アレクが王族？

「ど……、どういうこと……？」

「ちょっとここで待ってろ。俺はゼハルと話をしてくるから」

そう言って、アレクは呆気《あっけ》にとられているルベトの頭をそっと撫でた。

ルベトはしばらく、信じられない気持ちのまま土間の隅にうずくまっていた。

土間に入ってきた朱衣がルベトの耳を舐《な》める。彼なりに、ルベトを慰めようとしているのだろう。ルベトは朱衣の鼻先を撫でると、膝の間から顔を上げた。

――アレクが王子。

まるで信じられない。夢のような話だ。

「王子がお呼びですよ」

扉を開けて、男がルベトを手招く。ルベトはのろのろと腰を上げると、男に従って建物の奥の部屋へと足を進めた。廊下が軋み、ねずみの影が視界の端をかすめる。

「ここです」

男が扉の前で立ち止まる。ルベトは、そっと古い扉を押し開けた。ぎいと嫌な音が鳴る。蜘蛛《くも》の巣《す》が張った天井。穴の開いた床。硝子《ガラス》の曇った窓と、破れたカーテン。元は宿泊室らしいが、いまはもう廃屋同然だ。

「待たせたな」

「アレク！」

アレクが長椅子に腰かけて手を振っている。ルベトは、彼の元へ駆け寄った。

「ゼハルが悪かったな。堅物なんだよ」

アレクが肩をすくめる。ルベトはアレクの肩を掴むと、「どういうこと」と小さく唸った。

「あなた、宝石商って言っていたわよね。王子って何なの？　ずっと、あたしを騙《だま》してたの⁉」

ルベトは知らず知らずのうちに声を荒らげていた。

「騙していたんじゃない。俺は本当に宝石商だ」

「だって、あのおじいさんが言ってたわ。あなたの本当の名前と、あなたが尹国の王族だって！」

あの人が嘘をついているって言うの？　ルベトがアレクを問い詰めると、彼は、「いいや」と首を振る。

「ゼハルが言っていることも本当だ」

「だったら、やっぱりあたしを騙していたんじゃない！」

「尹国は滅びた国だ。だから俺は王族ではあるが、もうその身分ではない。おまえと出会ったときは、本当にただの宝石商だった」

アレクがルベトをじっと見つめる。豹のような目に凄《すご》まれて、ルベトは口を噤んだ。

「俺の国は、尚に滅ぼされたんだ」

ぽつりと彼がつぶやいた。

「滅ぼされたって、何があったの？」

ルベトが尋ねる。彼は長い息を吐いて、ルベトに隣へ腰かけるよう促した。

「どこから話そうか」

――はるか三千年の昔、迦楼羅《カルラ》という王がいた。

アレクは遠い遠い昔語りを始めた。カルラという聞き覚えのある言葉に、ルベトは息を呑んだ。母から授かった宝玉、「カルラの眼」。

「迦楼羅には子どもがいた。比《ヒ》、士《シ》、岐《キ》、亥《イ》、巳《ミ》、薇《ビ》、兕《ジ》、巍《ギ》、李《リ》、そして末の子、尹《イン》。彼らはそれぞれ国を建てた。俺の先祖は、その尹太子なんだ」

聞いたこともない話だ。ルベトは一言も聞き逃さないように、アレクの話に耳を傾けた。

「兄弟仲が悪かったんだな。太子たちの国はそれぞれ戦を繰り返し、最後に尹の国だけが残った。尹国は戦争に飽き飽きして、ほかの国を侵さないという宣誓を立てた。それからずっと、尹国は平和を保っていた」

アレクは夢を見るように語った。

「花の咲く、緑のきれいな国だったんだぜ。果物はうまいし、魚も穀物もよく採れる。人の行き来は盛んだったし、文化も栄えていたらしい」

らしい？

ルベトが首を傾げると、アレクは苦しそうに目を伏せた。

「だがあるとき、同盟国のファレンが尚に侵攻された。尹国はファレンを守るために兵を出したが、それが尚との戦争の始まりだった。尹国は必死に戦ったが、あろうことかファレンの裏切りにあったんだ」

アレクの瞳に、暗い炎が宿って揺らめいた。

「尹国は尚国に攻め入られ、滅ぼされたよ。そのとき、父王は死んだ。俺の母は、足手まといになるからと自ら命を絶ったらしい。俺はゼハルに抱かれて国を出て、遠い血縁のいる朱雀圃《すざくほ》の褒《ほう》に送りこまれた。そこで宝石商の子として育てられたんだ。その育ての親も、病に倒れちまったけどな」

「それで、尚を目指していたのね」

　アレクはうなずいた。

「俺が生まれる前、星見師《ほしみし》が俺の運命を占ったそうだ。父親の眼を持った娘が俺の前に現れる。その娘は俺の運命の呼び手で、俺の願いを叶《かな》えてくれるらしい」

「父親の眼？」

　ルベトがアレクを見上げたのと、アレクがルベトを見たのは同時だった。

「ちょっと待って。父親の眼って、まさか……」

「そう、迦楼羅の眼」

　アレクが答える。

「ただの戯言《たわごと》だと思っていた。だが、おまえは本当に俺の前に現れた。翡翠《ひすい》でできたカルラの眼を持って」

　どうか願いを聞いてくれ、エスメ・ラ・アヴィアータ《私の運命の女》。

　アレクはそう言って、ルベトの目をのぞきこんだ。

「俺は尚に奪われた玉璽《ぎょくじ》を取り戻し、再び国を興したい。しかし俺には王としての箔《はく》がない。玉璽だけでは地方に散った尹の民を信用させることができないだろう。だから、どうしても瑞祥君が必要なんだ」

「ニグレトのこと⁉」

ルベトはアレクの隣から飛び退いた。

「あなたも彼を狙《ねら》っているの⁉　ニグレトを利用するために？」

ルベトは憤然として、アレクを睨み付けた。

「そう声を荒らげるなよ。俺に男を養う趣味はない。俺はただ瑞祥君の威を借りて、王としての箔をつけたいだけさ。時期がくればおまえに返してやる」

危害は加えない。これだけは約束する。そう言って、アレクはルベトの目を見つめた。

アレクの言葉に、ルベトはぎゅっと奥歯を噛みしめた。

彼の瞳の中に、嘘や誤魔化しの色は見えない。ルベトはうなずくのをしばらくためらった。

「俺たちの利害は一致している。そうだろ？」

アレクの言葉に、ルベトは「そうね」とつぶやく。たしかに、いまのところルベトとアレクの利害は一致している。

（あたしだけじゃ、ニグレトを捜し出せないかもしれない。でも、アレクと一緒なら……）

ルベトはこれまで、何度もアレクに助けられてきた。彼の助力があれば、もしかしたらニグレトにたどりつけるかもしれない。

「あたし、あなたを手伝うわ。あなたが国の玉璽を取り戻せるよう、精一杯協力する。だからお願い。あなたも、あたしに力を貸して」

赤茶色の瞳と、鮮やかな緑色の瞳がぶつかりあう。長いような短いような沈黙の後、アレクは微笑んでルベトの手を握りしめた。

「分かった。約束するよ」

アレクがうなずく。

そのとき日の入りを報《しら》せる鐘の音が遠く響いて、ルベトはとっさに窓の外を見た。日の入りからしばらくして、王宮のすべての門が閉じるはずだ。そうなれば、王宮に入れない。無断外泊は重罰に値する。

「大変だわ、門が閉まってしまう」

ルベトが不安げにアレクを振り返る。

「そうだな。そろそろ城に戻ろう」

彼も、窓の外に目をやって暮れなずむ空を見てうなずいた。アレクが部屋の戸を開け、「城へ帰る」と告げる。

アレクに促されてルベトが部屋を出れば、土間の両端に男たちがひれ伏して道をつくっていた。扉の前に立ったゼハルが、アレクを見るなり深々と頭を垂れる。

「先ほども申しましたとおり、尚の手勢が鼻をきかせております。なにとぞ、ご用心を」

「ああ」

男たちに見送られながら、玄関を出る。二人組の若い男が、朱衣と白斗を廐《うまや》から出し、ルベトとアレクにそれぞれの手綱を手渡した。朱衣は胴を震わせ、ルベトの耳元に鼻息を吹きつけてくる。こそばゆさにルベトが声をたてて笑っていると、大きな咳払《せきばら》いが聞こえた。なにごとかと振り返れば、いつの間にかゼハルが背後に立っている。

「ルベト殿。先ほどは無礼を」

「い、いえ……」

ルベトは首を横に振った。ゼハルの声は硬質なうえ、口調も堅苦しい。彼の睨みあげるような目つきの鋭さに、思わず気圧《けお》される。

「おい、ルベト。行くぞ」

門の外でアレクがルベトを呼んでいる。ルベトは「いま、行く」と返事をして、ゼハルを振り返った。

「すみません。あたし、もう行かないと……」

「――尹国の希望を」

ルベトの言葉を遮るように、ゼハルが口を開いた。

「なにとぞ、お頼み申し上げる」

そう言って、老人は切ないほどにまっすぐな眼差しをルベトに向けた。ルベトはその瞳の前に言葉を呑んで、促されるようにうなずく。ゼハルは目を閉じて、唇を噛みしめた。

焦《じ》れたように、アレクがまたルベトを呼ぶ。ルベトは朱衣の手綱を引きながら、小走りになってアレクの元に駆け寄った。

「はやくしないと、門が閉まるぞ」

「ええ」

去り際、ルベトは肩越しに周旅社を見た。周りの宿屋がぽつぽつと灯《あか》りを灯《とも》し始めたなか、やはりその一角だけ、暗く影を帯びている。

白面郎の選考まで、あと三日。ルベト自身の願いのため、そしてアレクたちのためにも、負けられない。ルベトは、朱衣の手綱を握りしめた。

三章　奥宮への誘《いざな》い

1

道場の窓からは陽光が斜線となって差しこんでいる。

風のない午後は、湿気を含んだ暑気に見舞われていた。広い道場に、楽隊に選ばれている七人の芸人がずらりと並んでいる。

ルベトと孫怜《そんれい》は彼らに向かい合うように立ち、延蓮《えんれん》は二人の後方に座していた。

──ついにこの日が来た。

ルベトは呼吸を整えながら、強張《こわば》った顔で唇を結ぶ。緊張が高まっているのか、手足が石のように硬い。心臓の音だけが生々しく耳に響いている。まだ始まってもいないのに、汗が滲《にじ》んでいた。

「二人とも、準備は良いですか」

はい、と二人はうなずいた。延蓮はルベトと孫怜の返事を聞いて、「それでは、これより終夏《しゅうか》の小宴《しょうえん》の選考を始めます」と宣言した。

ルベトと孫怜、そして楽隊の七人は、深く頭を垂れる。

「孫怜と姜子《きょうし》にひとりずつ白面郎《はくめんろう》の『月香歌《げっこうのうた》』を演じていただきます。伴奏は王朗《おうろう》。二人の演技を見て、あなた方七人で決議を行ってください」

「我々だけで、でしょうか?」

おそるおそる、端の女が尋ねる。延蓮の決議参加を改めて問うものだった。しかし、延蓮は「ええ」とうなずいた。

「私は、孫怜と姜子のどちらが選ばれても、何も異存はありませんから」

延蓮の言葉に、ルベトの心臓はひときわ大きく鳴った。胃に重たいものを感じる。そんなルベトの動揺とは反対に、孫怜は落ち着き払った顔で微笑《ほほえ》みさえ浮かべていた。こういった場には慣れているらしい。

(しっかりしなくちゃ……)

ルベトは必死に自分自身に言い聞かせた。

落ち着け、落ち着くのよ。今日まで、あんなに練習してきたじゃない。

――そう考えこむなよ。どうせ何もかも、なるようにしかならないさ。

そう言ったアレクの言葉を頭の中で反芻《はんすう》しながら、ぎゅっと目を瞑《つぶ》る。この結果に、ルベトとアレクの願いがかかっているのだ。

「では姜子。あなたから」

「は、はいっ」

ルベトはぐっと奥歯を噛《か》みしめて、一歩前に出た。七人のうち、唯一楽器を持っている男が用意されていた椅子《いす》に座る。

ルベトの鼓動はどんどん激しさを増した。心の内側からの圧迫に、息が苦しくなる。おのれを落ち着かせるために、そっと目を閉じる。

緊張しちゃだめよ。いままでの練習の成果を見せればいいんだ。

白面郎の気持ちは、分からない。けれど、型は体が覚えている。大丈夫、やれる。ルベトはおのれにそう言い聞かせて、瞼《まぶた》を開けた。王朗は鋭い目つきでルベトに目配せを送っている。合図を求めているのだ。

こくりとルベトがうなずく。二胡《にこ》弾きの王朗が弦に弓を滑らせると、炎暑などまったく感じさせない、麗《うるわ》しい音色が流れ始めた。

——あたしは白面郎。恋人のいる娘に恋をした、若い王子。

とん、とルベトの爪先《つまさき》が床を打つ。

「今世に相見るとき難《かた》く、朧月夜《おぼろづきよ》に桃花が香る」

ルベトは胸の中に白面郎を、白い面《おもて》の青年を思い描いたが、彼は仮面を被《かぶ》っていて、その表情は見えない。顔が見えなければ、彼の気持ちが分からない。それでも、ルベトは必死に白面郎と自分を重ねようとした。

「花貌《かぼう》白く、簪《かんざし》地に落ち、玉人形骸《けいがい》だけを地に留《とど》め」

ルベトは歌いながら足を運んで全身を跳躍させ、身振り手振りで、死んでしまった美しい娘をかき抱く。

愛《いと》しい者の亡骸《なきがら》を胸に抱いて、嘆き悲しむ白面郎。あなたは何を想《おも》っていたの？

ルベトは歌いながら、胸の中で何度も問いかける。二胡の音色に、体だけがつられて踊った。身振りだけが完璧《かんぺき》に踊れても、それでは意味がないのだ。ルベトは必死に、白面郎と心を合わせる。

――おまえには分からないだろうが、俺にはなんとなく分かるよ。

アレクの言葉が、胸に浮かぶ。

――俺なら、ずっとそばにいて守ってやれる。悲しい思いやつらい思いを、絶対にさせない。

どうして、アレクには分かるの。ルベトは、彼の言葉を何度も反芻させた。あのとき、見つめ合った鮮やかな緑眼が脳裏に蘇《よみがえ》る。

（愛しているから）

体の内側で、答える声が聞こえた。

（あなた、誰）

（私は白面郎《おまえ》）

（あたし……？）

声に耳を傾けながら、ルベトは歩を踏んだ。歌を口ずさみながら体を動かすたびに、周囲の景色が霞《かす》んでいく。延師や孫怜、芸人たちの気配が消え、ルベトの意識は内に向かって潜っていく。心の中に何もない暗闇《くらやみ》が訪れ、二胡の音だけが体に響き、四肢《しし》は見えざる糸に繰《く》られるように動いた。

闇の中に、白い影がほのかな光を纏《まと》って現れる。美しい娘だ。窓際で鏡を持ち、髪を整えている。ルベトはただ立ち尽くして娘の横顔に見とれていた。視線に気づいたのか、彼女が鏡から視線を上げる。目と目が合った。娘が、恥ずかしげに視線を逸《そ》らす。何かが、ルベトの胸の中で温かく弾《はじ》けた。

——あたしは、この娘《ひと》が好きだ。

娘は幸せそうに微笑《わら》う。けれど、それは白面郎《あたし》の隣ではない。彼女は、白面郎《あたし》を見ない。彼女は、別の人を見つめている。白面郎《あたし》の気持ちに気づくことなく、別の誰かを想って泣き、笑う。

——そんな男より、俺のほうが幸せにしてやれる。俺なら、ずっとそばにいて守ってやれる。悲しい思いやつらい思いを、絶対にさせない。

(だから、あたしに気づいて。あたしを見て。あたしを好きになって)

アレクの言葉に、ルベトの心が重なる。それはやがて白面郎《おのれ》の声となって、全身を満たした。

娘への想いで、胸が焼《や》け爛《ただ》れそうだ。どうすれば、この苦しみは消えるのだろう。この手を伸ばせば、彼女に届くだろうか。

——娘を攫《さら》ったあとのことなど、どうでも良くなるほど娘を愛し、焦がれている。

(あたしはあなた以外、何もいらない)

ルベト《白面郎》は、娘の肩に手を伸ばす。彼女のこと以外、何も考えられなかった。この娘が欲しい。ほかには何も望まない。たとえそれが、破滅を意味したとしても。

身を焔《ほむら》で焼き、破滅に至るほど激しく深い愛。

ルベトはそれを全身で理解した。白面郎とルベトは重なり合って、完全にひとつになっている。仮面を外した白面郎は、ルベトの顔をしていた。

(そして白面郎《あたし》は、愛する人を失ってしまった)

ルベトの歌が止まった。ぽた、と涙がこぼれる。ルベトは呆然《ぼうぜん》として、掌《てのひら》に落ちた涙を見た。

顔を上げれば、いつの間にか闇は消え、人気《ひとけ》が戻り、道場の真ん中でルベトは立ち尽くしている。突然のことに二胡弾きの王朗も戸惑ったのか、伴奏がやんだ。道場に、時が止まったような沈黙が下りる。

歌わなきゃ。まだ、歌い終わっていない。

「……春蚕《しゅんさん》辛苦し、身を焼かれて死に至り、涙はじめて止《や》む」

ルベトは調子から外れつつ、声を振り絞って歌った。喉《のど》が熱い。歌声が震えている。

ルベトの前に、何かがひらけた――そんな気がする。

二胡の音が、慌ててルベトの歌を追う。

「請《こ》い願わくは来世に連理を為《な》し、比翼《ひよく》と成って相見《あいまみ》えん……」

最後の一節を口ずさむ。二胡の音が伴奏を終える。

――あたし、白面郎とひとつになった……。

ルベトは呆然とその場に立ち尽くして、流れる涙を拭《ぬぐ》った。楽隊の者たちは互いにうなずいて、額を寄せ合って評議を始める。

何か、何かが摑《つか》めた。

ルベトはおのれの手をじっと見つめた。延蓮は戸惑いと驚愕《きょうがく》を湛《たた》えているルベトの横顔を見つめながら、小さくうなずいた。そして、横目で孫怜を見やる。孫怜は腕を組んで、真剣な眼差《まなざ》しをルベトに送っていた。彼女の切れ上がった大きな目は、瞬《まばた》きをしていない。まるで、ルベトのすべてを目に焼き付けているかのように。

楽隊の七人は寄りあって耳打ちをし、なにごとか決すると、また一列に並んだ。それを合図と取って、延蓮が「では」と指示を出す。

「孫怜。前へ」

延蓮の言葉に、孫怜が髪を揺らしてぴょんと飛び出す。そして、ルベトに軽く目配せして見せた。

――結構やるじゃない。

ルベトにしか分からなかったが、彼女の唇はたしかにそう動いた。

孫怜は七人に向かって一笑すると、パチンと指を鳴らした。王朗は心得ているように、二胡を奏でる。孫怜は一度大きく足を踏み鳴らすと、力強く一歩を踏み出した。

孫怜は、どんな踊りを見せるのかしら。

ルベトは固唾《かたず》を呑《の》んで見守った。

孫怜の舞は、動的で激しく、そしてどこまでも艶《あで》やかな動きをする。ならば、今回の演技もきっとルベト以上に激しく情熱的なものになるはずだ。

二胡の音に合わせて、孫怜は緩やかに足を運びだした。

手や足の振りはさほど激しくない。ゆったりと腕を広げ、堂々と胸を張って立つ。その大らかな動きには、落ち着きが備わってみえた。

「今世に相見るとき難く、朧月夜に桃花が香る――」

彼女は穏やかに歌を口ずさむ。声に無駄な力みがなく、悠々と伸びやかだった。まさに雅《みやび》やかな貴人のようだ。

ルベトは一瞬、鳥肌が立つとともに身がすくんだ。

孫怜が愛おしそうに目を細めて見つめている先に、ひとりの娘が立っている。ルベトは目をこすって首を振る。そこには誰もいない。誰もいないはずなのに、孫怜の前には美しい娘の幻があった。歌いながら、孫怜が手を差し出す。娘が優しく優雅な動きで孫怜の手を取る。美しい月夜、咲き乱れる桃の花が二人を包みこんだ。孫怜――いや、白面郎の胸に抱かれ、娘は安らかに目を閉じる。目の前に、ありありとそんな情景が浮かび上がってくる。

いつの間にか、ルベトの額に汗が滲んでいる。これはすべて、孫怜がルベトに見せているのだ。

（あたしとは、格が違う……！）

ルベトは悟った。次元が違いすぎる。

やがて二胡の音色が途絶え、孫怜の歌も終わった。延蓮に向かって深々と頭を垂れる。孫怜の演技が終わった合図だ。芸人たちはぽかんと口を開けて、いつまで経《た》っても縫いとめられたようにその場に立ち尽くしていた。誰もが、孫怜の持っている圧倒的な演技力に呑まれている。見かねた延蓮が、パンパンと掌を鳴らす。それでようやく、みなの目が覚めたらしい。我に返った七人は、寄り集まって協議に入った。やがて結論が出たのか、最も年長らしき男が前に進み出る。

——ついに、この時が来た。

ルベトは、両手の指を組んだ。期待か、緊張か、あるいは恐怖からか、どくんどくんと大きく鼓動が打つ。勝ち目がないと分かっていても、祈らずにはいられない。どうかあたしに機会をください、と。

「延師。あなたはなんと難しい選択を我々に迫るのですか」

険しく非難でもするような顔で、代表の男は延蓮を見た。延蓮は怯《ひる》んだ様子もなく、涼しい顔で男の言葉の続きを促す。

「まずは姜子ですが」

——ニグレトに続く道を、どうかあたしに——……。

ルベトはぎゅっと目を瞑って、必死に天へ向かって懇願する。孫怜の演技を見たあとでは、奇跡を祈るしかない。

「野趣溢《あふ》れる異国の足運びがおもしろい。声も澄んでいて、力強さと伸びが備わっている。表現力のみを評価すれば、孫怜をもしのぐ類を見ない逸材と言えるでしょう。だが」

と、強い口調で、男は眼光を鋭くした。

「いまの状態では、完成度があまりにも低すぎる。緩急の付け方や動きのきれは甘く、役に呑まれて演じている姜子には余裕がない」

ルベトは、彼の一言一言に心が削《そ》がれていくのを感じた。おまえはまだ、白面郎にふさわしくない。そう言われたのだ。

ごほん。男は咳払《せきばら》いをした。

「かたや孫怜。力みや気負いがなく、またおのれなりの白面郎を心に描き出していたことがよく分かる。やはり鬼才とでもいうべきかね……増長するのであまり褒めたくはないが」

彼の口ぶりや並び立った芸人たちの顔付きから、ここにいるすべての者が孫怜の才を認めているのがよく分かった。

「以上より、孫怜が望ましいように思いまする」

年長の男は延蓮に向かって恭しく頭を下げ、どっしりした声で言った。

やはり、孫怜だ。

自分たちが下す結果への自信が、ありありと芸人たちの眉宇《びう》に漂っていた。

ルベトの希望は音をたてて砕け散った。選ばれたのは孫怜。ルベトは、舞台に立つ権利を得ることができなかった。その結果も、最初から決まりきっていたようなものだ。孫怜が、誇らしげな笑みをルベトに向ける。ルベトは、ただただ立ち尽くすことしかできなかった。

「では――」

延蓮が孫怜の手を取る。そしてもう片方の手で、ルベトの手を取った。

「孫怜を白面郎役に任じます」

拍手が鳴る。「二人とも良かったぞ」と、楽隊の中の誰かが声を上げた。ルベトが伏せていた顔を上げ彼らに目を向けると、七人の芸人たちが笑みを浮かべて手を打っている。彼らの顔には、ルベトと孫怜への称賛が浮かんでいた。ルベトの胸に、敗北の空虚感とともに熱いものがこみ上げてきた。泣き出しそうになって、ぐっと口を結ぶ。そして、深々と頭を下げた。細く、まばらな拍手はその後しばらく鳴りやまなかった。

「明日からは、みなで音を合わせつつ稽古《けいこ》を始めてください。姜子。結果はどうあれ、とても良い進化を遂げていましたよ」

延蓮にそう告げられて、ルベトの胸が大きく音をたてた。それはときめく音だった。

「ま、思ってたよりはだいぶん良かったわよ」

孫怜がくすっと笑って、ルベトに片目をつぶった。

2

尚《しょう》の美しい姫は、高い眉山《まゆやま》をさらに吊《つ》り上《あ》げて目を見開いた。

「また緑桂《りょくけい》が消えた？」

「お許しを、白蓉《びゃくよう》様。少し目を離したすきに、お逃げになったとのことで」

「まったく、呆《あき》れた！」

白蓉は眉を顰《ひそ》める。

「そう怒るな。あれはまだ幼い」

椅子に座った男が、腕掛けに頬杖《ほおづえ》を突きながら答える。

「幼いということは、緑桂の分別なき理由にはなりませぬ」

白蓉は諫《いさ》めるように扇子で掌を打つ。ふっと、男は柔らかな息をこぼした。微笑ともいえないほどの、ささやかな綻《ほころ》びだった。青白い肌に、藍色《あいいろ》の目がよく映える。

「兄上も、王ならば王らしく姫の無礼をお諫めください」

「私は王だが、その前に丁玄柊《ていげんしゅう》というそなたらの兄だ」

「兄上はそう言って、また緑桂を甘やかすおつもりですか」

玄柊は白蓉の憤慨した姿を眺めながら、切れ長の目をさらに細めた。

「……ところで兄上。瑞祥君《ずいしょうくん》の御姿は、いつまで臣《しん》や民に伏せておかれるおつもり？」

玄柊は妹の視線を受けて、「ああ」と小さくつぶやく。

「瑞祥君に名を与えてやらねばならんな」

「ならば、はやく命名をおすませくださいませ。瑞祥君は、いつまでも清御殿《せいごでん》に隠しておいて良いものではありませぬ」

尚の奥宮の最深部。そこに、清御殿はある。神職に就いている者と尚王にきわめて近しい一握りの者のほかに、まだ誰も瑞祥君の姿を知らない。

「まずは月見祭《げっけんさい》で、瑞祥君《あれ》の戴名式《たいみょうしき》を行う。そこで、諸国の王や尚国九族への披露目をしようと思っている」

尚では、名は重要な意味を持つ。名を与えるということは、命を与えて支配するということだ。つまり、名を与えるまでは、相手をおのれのものとして支配することができないのである。

「あれは美しい。美しいがゆえに、私は名を付けがたい」

玄柊がつぶやく。白蓉《ここ》は黙ってうつむくと、口元をそっと扇子で覆い隠した。

「では、月見祭まで清御殿に隠しておくおつもりなのですね」

「名を与えたら、始禁殿《しきんでん》に移すつもりだ。それより白蓉。来年の話になるのだが、五陽《ごよう》の儀《ぎ》についてはどうなっている？」

「少しずつですが、つつがなく進んでおります」

「五十年に一度の儀だ。気が重かろうが、尚のため、堪《こら》えてくれ」

玄柊の声は柔らかい。白蓉はしばらく黙していたが、静かに目を伏せてうなずいた。

「これは兄としての言葉だ。けっして無理はするなよ」

気に食わなければ聞き流せ。

そう付け加える玄柊に、白蓉は微苦笑を浮かべた。

「──そう心配なさらないで、お兄様」

それは尚の姫が家族にだけ見せる、年相応の少女らしい表情《かお》。

「玄柊様」

どこからか男がつとつとと走りきて、玄柊の前で膝《ひざ》を折った。

「馬董《ばとう》がお取り次ぎを願い出ております」

彼は玄柊へ用件を述べる。玄柊は無言でうなずくと、白蓉へと視線をやった。

「白蓉、すまぬが……」

「……いえ。兄上の貴重なお時間をいただけて、白蓉は嬉《うれ》しゅうございました」

すっと頭を下げて、白蓉は玄柊の前から下がる。侍女が、静かに白蓉の後ろに付き従った。

（……瑞祥君か……）

白蓉は、清御殿の中庭を取り囲む回廊を歩いた。庭の池を一望する亭で立ち止まり、欄《らん》干《かん》のそばに立つ。池へと目を移せば、睡蓮《すいれん》の花が鮮やかに花弁を開いていた。蛙《かえる》が飛び込む音。白蓉は水面から顔を上げると、ふいに目を見開いた。

池の対岸。広々した空の下に、金髪の輝きを見た。どきりとひときわ大きく胸が鳴ったかと思えば、その後の一瞬、胸の鼓動が止まった気がした。

——瑞祥君。

光を発するように白い肌と金色になびく髪。尚の正装は緩く着崩され、鎖骨があらわになっていた。物憂げに広庇《ひろびさし》の欄干に寄りかかり、池の水面を見つめている。白蓉は思わず胸を押さえた。

白蓉が胸の痛みに倒れたあの日。たしかに、白蓉は彼のにおいを感じた。細く、長い指の感触と、男の広い胸。か細いようでいて、たくましさも備えていた。

初めて、殿方に抱きかかえられた。

改めてそう意識すると、白蓉の白い頬に朱が走った。

「白蓉様……？」

白蓉の異変を察した女官が、怪訝《けげん》な面持ちで白蓉をうかがい見る。白蓉はハッとして女官に目を移すと、肉厚の小さな唇を静かに結んだ。

「なんでもない」

わたくしが心を乱すなど、ありえぬ。

白蓉は眉を顰め、おのれを諌めるように首を振った。瑞祥君の姿を視界に入れるたび、鼓動が乱れて胸の奥底から揺さぶられる。この動揺はなんなのだろう。この感情はなんなのかと兄に問えば、彼は答えてくれるだろうか。

（兄上……白蓉は苦しゅうございます）

白蓉は唇を前歯で噛み、扇を広げて顔を覆った。

*

「いやあ、瑞祥君ってのはホントきれいなもんですねぇ」

窓の欄干にもたれかかりながら、男はひゅうと口笛を吹いた。その部屋の窓からは庭が望め、遠くに金色の髪がなびいているのが見える。柔らかな日差しを浴びて、きらきらと宝石のように輝いていた。

「気になるか、馬董」

一本調子に問う声がある。男は声の主へと顔を向けると、「いやいや」と両手をひらひら振って見せた。

「ご安心を、わが君。俺が気に掛けているのは貴方《あなた》だけですよ」

にっかりと歯を見せながら、茶目っ気たっぷりに馬董は言った。「そうか」と玄柊がうなずいて、窓の外に視線を移す。仮面のような横顔は、やはり血の気の通わない白さをしていた。

「そなた、あの者《瑞祥君》についてどう思う？」

「どう思うって、どういう意味です？」

WHITE HEART

W.H.

white heart

講談社X文庫

「私はあれに名を与えることに畏怖《いふ》を感じるよ」

玄柊の声は重い。「おや」と馬董は首を傾《かし》げた。

「何を仰います。瑞祥君は王である貴方のものでしょう。貴方をおいて、ほかに誰が名付けるんです？」

馬董は玄柊の傍らに膝をつき、玄柊の冷たい色をした手を取る。

「貴方から頂いた名は、俺にとって命より重い宝物です」

馬董はそう言って、玄柊の手の甲におのれの額を押しつけた。

「瑞祥君も、貴方から授けられる名なら気に入りますって。嫌だと文句を言われたら、また考えましょう。そんときゃそうですねえ、『安本丹《あんぽんたん》』とか」

「おまえといると、私はときに悩むのがばからしくなるよ」

顔を上げて、馬董が白い歯を見せる。玄柊は相変わらずの無表情だったが、馬董の言葉に気が緩んだのか、その眉宇には重荷を下ろしたような安堵《あんど》の色が浮かんでいた。

「……そういえば」

ふと思いついたように、玄柊が顔を上げる。

「南アワイの町で、西の娘に出会ったのだ。可憐《かれん》で純真な娘だった。西の者たちがみなあなら、むごい戦も起こらぬものを」

わずかな憂いを含めて、玄柊が目を伏せる。馬董は一瞬眉を顰めたが、すぐに笑顔を取り戻して「そうですねぇ」と相槌《あいづち》を打った。

「西の民は、尚に敵意を持って侵攻している。いまは、それがすべてでしょう」

馬董は玄柊の横顔を、労《いたわ》るように目を細めて見つめた。

3

アレクは気にするなと言ったけれど、気にしないでいることなんてできないわ。

ルベトは椅子の上に座って肩を落とし、落胆の息を吐いた。

楽隊の一員となって、奥宮へゆくという道が断たれた。すなわち、ニグレトへ続く道が失われたのだ。ルベトはほかに奥宮へ行く手段を持たない。延蓮のように奥宮へ招かれるような楽師になれば話は別かもしれないが、それにはいったいどれほどの月日を要するのだろう。

「姜子、二胡の腕が止まっているようだけれど」

ぴしゃりと指摘が入る。ルベトが顔を上げると、先輩にあたる芸人が厳しい顔でルベトを睨《にら》んでいた。

「……すみません」

つぶやくようにルベトが答える。ルベトはうつむいたまま指を動かして、弦に弓を滑らせた。心ここにあらずといった、空虚な音が響く。二胡を持った芸人はこめかみをぴくりと引《ひ》き攣《つ》らせ、眉間《みけん》にしわを深く刻んだ。

「結構。もう結構よ」

　パンパンと手を叩《たた》いて、女はルベトの演奏を止めた。

「こんな聞き苦しい音を聞かされるんだったら、もういいわ。今日のお稽古はおしまい」

「あの、すみません……」

「謝るくらいなら、しゃんとなさいな。私だって忙しいところを、延師のお頼みだからこうやって稽古をつけているんですからね」

　眉を顰めて、女は二胡を片づける。ルベトは肩を落としたまま、「はい」とうなずいた。靴の踵《かかと》を踏み鳴らして、女は部屋の扉を乱暴に閉じた。そんなに広くもない部屋の中にひとり残されたルベトは、二胡を膝に載せたまま再三の溜息《ためいき》をつく。孫怜と白面郎の役を競い、敗れてからこの方ずっとこうだ。何にも身が入らない。せっかく延蓮がルベトにつけてくれた二胡の教師も、このところのルベトにはすっかりご立腹だ。

　扉が鳴らされる。ルベトが視線を向けるのと同時に、扉がそろりと開いた。三つ編みの少女が顔を出す。

「姜子、ここにいたのね」

「何か？」

「あんたにお客さんだって。いますぐ呼んでくるようにって、延師が」

――延師が？

思いがけない名前が出て、ルベトは息を呑んだ。二胡を持つ手に力が籠《こ》もる。

「いますぐ文曲殿《ぶんきょくでん》に行きな」

（お客って、いったい誰だろう……）

この王宮でルベトを訪ねてくるような者は、アレク以外にいないはずだ。ルベトは訝《いぶか》りながら立ち上がると、二胡を片づけた。


文曲殿を訪れたルベトが導かれたのは、ひときわ立派な応接室だった。足元には蓮《はす》の花を描いた石床。天井には白鷺《しらさぎ》が二羽《わ》遊んでいる姿が描かれている。天井の中央からは、水晶を巨大な葡萄《ぶどう》のように連ねた室内灯が吊り下げられていた。風に揺れて、ときおりしゃらしゃらと音をたてる。

部屋の中央の向かい合う長椅子に、二人の女性の姿があった。延蓮と、あとひとり。白髪交じりの、ふっくらした女性。きっちり結い上げた髪、薄い頬紅《ほおべに》と、鶯色《うぐいすいろ》の着物。上品な丸みの顎《あご》が、優しい印象をルベトに与えた。

「失礼いたします」

ルベトは服の裾《すそ》を両手で摘まんで広げると、腰を落として頭を下げた。

「顔を上げてちょうだい」

女が言った。見た目よりも若々しい響きがある。

「あなたが姜子？」

問われて、ルベトは延蓮を盗み見た。延蓮の視線と、ルベトの視線が合う。延蓮はゆっくりと瞬きをした。素直に答えろということだろう。

「はい」

ルベトがうなずく。女は、ルベトの顔をまじまじと見つめ、ゆっくりと爪先に視線を運んだ。刺すような視線ではない。優しく撫《な》でるような、柔らかい視線だった。

「出身籍地は？」

「出身は白虎ヶ原《びゃっこがはら》ですが、籍地は朱雀圃《すざくほ》の褒《ほう》です」

「その場で回ってもらえる？」

この人は何なのだろう。

ルベトは不思議に思いながらも、黙って女の言葉に従った。ゆっくりひと回り。服の裾がふわりと揺れた。

「体の軸がまっすぐできれいね。手足も長い。いい踊り手になるわ」

にこりと女が笑う。思いがけない言葉に、ルベトの頰にサッと朱が走った。

「私は恒琳《こうりん》。恒賢琳《こうけんりん》」

恒琳は優しい眼差しのままルベトを見つめている。

「二の姫・緑桂様から、あなたへ直々の命がくだりました。あなたを侍女に迎えたいとのことです」

「えっ……」

姫様の侍女？

どこかで聞いたような名前と思いがけない言葉に、ルベトはたじろいだ。固まった頭を必死に働かせて考える。ルベトの記憶が正しければ、たしか侍女とは貴人の世話をする女官のことだ。

「あたしは芸人です。侍女なんてできません……！」

とっさにルベトが首を振る。ルベトの本業は芸人だ。いままで、貴人の世話などしたことがないし、一般的な尚の礼儀作法もやっとのことで覚えた。それ以上の高尚なことなど何ひとつ分からない。

「侍女とはいえ、あなたのするお仕事はそんなにたいしたものではありません。身の回りのお世話には、その職の者が就いていますから。あなたが望まれることは、言ってしまえば姫様のお話し相手のようなものです」

恒琳が茶をすすりながら、延蓮に視線を向けた。延蓮は表情を変えず、思案するように目だけを細める。

「恒琳殿、姜子は至らぬところの多い未熟者でございます。緑桂様のおそばに置いて良いものかどうか……」

延蓮が深々と頭を垂れた。彼女の言葉に、ルベトも視線を落とす。しかし、恒琳はころころ笑った。

「延蓮殿の配下を横取りしようというのではありません。ただ、少しの間借り受けられたら、と」

延蓮は眉根を寄せ、わずかに表情を曇らせた。恒琳は、にこにこと笑みを浮かべている。二人の対照的な面持ちが、恒琳と延蓮の力関係をそのまま浮き彫りにしているようだった。

「では、姜子は私の管轄に入る――ということで、よろしいですね」

恒琳がいささか語気を強めて延蓮に問う。「未熟者ではございますが」と言って、延蓮は顔を隠すかのようにますます深く頭を下げた。

「あの……」

ルベトは二人のやり取りを目にしながら、ためらいがちに口を開く。

「なぜ、二の姫様は私をお選びになったのですか？」

ルベトは震えを押し殺しながら、静かに尋ねた。

なんの接点も関わりもない姫君から、なぜあたしが？　いくら考えてみても、とんと見当がつかない。

「気になる？」

恒琳の問いかけに、ルベトはゆっくりうなずいた。恒琳は一瞬微笑みを消して真顔になると、神妙な面持ちで「そりゃあ、そうよねぇ」とうなずいた。

「二の姫・緑桂様より『あのときは、助けてくれてありがとう』とのお言葉です」

そう言って、恒琳は袖《そで》から手巾《しゅきん》を取り出した。ルベトは驚きで目を見張る。それはあのとき、緑桂という少女の手に巻き付けた手巾だった。

（あの子が二番目の姫君？）

緑桂と聞いたときに気づくべきだった。ルベトはおのれの鈍感さを呪《のろ》った。

（侍女になる。つまり……ニグレトがいるかもしれない奥宮に入れるってことなんだわ！）

その事実に気づいたとき、ルベトはただ立ち尽くすことしかできなかった。

「大事なことをひとつ、先に言っておくわね。侍女であるかぎり、緑桂様の身に何かあれば、命を捨ててもらいます」

とろけるような微笑みを浮かべて、恒琳が優雅に言った。ルベトはびくりと肩をすくませる。恒琳の目は、笑っているようで笑っていない。

「もちろん、護衛もいますし、警備も厳重です。そうそうめったなことはありませんけれど」

万が一の場合です。安心して。恒琳は、ルベトをなだめるように続けた。

(命を捨てるって……死ねってこと……?)

ルベトの背筋に冷たいものが走った。そのとき、うつむきがちに目を伏せる延蓮の顔を見てすべてを悟った。

柔らかい口調だけど、恒琳の言葉は絶対命令なんだわ。

これは脅しでもなんでもなく、恒琳の本心からの言葉なのだ。

漠然とした不安とともに、うち震えるような期待を感じているのもたしかだ。奥宮に入れる。そうすれば、ニグレトに会えるかもしれない。

「では、姜子は荷物をまとめておくように。五日後には、奥宮に入っていただきますから」

恒琳が指示を出す。暗に、ルベトに対して「もう下がれ」という命令を含んでいた。ルベトは頭を下げつつ、ちらりと延蓮に目を向ける。彼女もルベトに一瞥《いちべつ》を投げ、静かに目を閉じた。それは、延蓮なりの会釈だったのだろう。

(延師。何も言葉を交わせないなんて……)

ルベトは寂しさを堪《こら》えつつ、促されるまま応接室を出た。

4

それから、四日が経った。

すっかり片づけられた、ルベトの部屋。

恒琳の使いの女官が、持参した箱の中から衣や帯飾り、簪などを取り出して、ルベトの前に並べた。衣は絹の生地にさまざまな模様が織り込まれ、帯飾りはきらめいている。簪、耳飾り、女は最後に靴を取り出して、慎重な手つきで衣の隣に置いた。

「明日からのお召し物でございます」

女官はルベトに笑いかける。ルベトは、女官と着物を交互に眺めながら「はあ」と浅くうなずいた。

数日かけて、ルベトは少ない私物を長持《ながもち》の中にまとめた。明日には、恒琳の使いの兵士がこれを奥宮の新居まで運んでくれるという。そのとき、ルベトも一緒に奥宮入りすることになっているのだが、あまりにも粗末な格好で奥宮の門を潜《くぐ》られては困るということで、恒琳から侍女としてふさわしい服装や備品を、まるまる一式贈与された。

「羨《うらや》ましいかぎりですわ。こんな豪華なお着物、貴族でもなかなか袖を通せませんもの」

女は愛おしげに目を細めると、絹の衣をそっと撫でた。ルベトは女の横顔を眺めながら、「そうかしら」と心の中でつぶやく。衣が美しいからといって、着る者までが美しくなるとは限らない。衣だけ派手でも、似合っていなければ滑稽《こっけい》ではないだろうか。ルベトは目の前の簪や衣を見下ろして、自分に似合うかどうか想像してみた。

「では、明日、正午の鐘のころにお部屋までお迎えに上がりますので……」

一礼して、女はルベトの部屋を出ていった。静かに扉が閉められる。

「……明日か」

ふうと息を吐いて、ルベトは衣を広げてみた。しゃらしゃらと流れるような手触りだ。渋い黄色の衣は、ルベトの赤茶色の髪に似合うだろうか。ルベトは手に持っていた衣を胸にあてがい、鏡の前に立ってみた。

(似合わないなぁ)

あたしには、少し上品すぎる気がする。

肩をすくめて、衣を椅子の上に放った。先の女官が見ていたら顰蹙《ひんしゅく》を買うだろうが、いまは誰もいない。

こつ、と音がした。何かが窓を打っている音だ。ルベトは鳥の悪戯《いたずら》かしらと思いながら、窓辺に寄って顔を出す。二階にあるルベトの部屋のちょうど真下に、褐色の肌の女官がひとり、小石を手に笑っている。ルベトがよく見知った顔だ。

「アレク！」

「少し話せないか？」

「いま？」

「ああ」

ルベトが「いいわ」とうなずくと、アレクは片手をひらりと振った。

＊

広々とした厩《うまや》には干し草と水、そして獣のにおいが漂っていた。馬のいななきと、蹄《ひづめ》を鳴らす音がそこかしこで聞こえる。ルベトはくるくる回る朱衣《あけぎぬ》の耳を眺めながら、彼の馬首を優しく撫でつけた。

「奥宮に馬は連れていけるのか？」

アレクの問いかけに、ルベトは干し草を三叉《みつまた》でまぜっ返しながらうなずいた。乾いた草の、いいにおいがする。ルベトはすうと深く息を吸いこんだ。

「いちおうね。ただ、世話代がすごく高くつくらしいけど」

ルベトは手を止め、朱衣が干し草を食《は》むのを眺めながら表情を曇らせる。王宮に仕えている者たちの持ち馬は、世話代を払って厩番に預けるのが基本だ。それはしかたのない出費だと割り切っているのだが、奥宮はいまの倍近くの世話代を厩番に払うことになるらしい。王宮に入ると大半の者は馬を手放すというが、ルベトには朱衣を手放すことなど考えられないことだった。

（なんにでもお金はかかるのね……）

アレクはそんなルベトを見て、あははと声をたてて笑った。

「なによ」

「いや？　出会ったころは金の勘定のしかたも分からなかったのにな」

ずいぶんしっかりしたものだと思ってさ、と、アレクは懐かしむように目を細めた。

「アレク、ちょっと疲れていない？」

ルベトはそんな彼の笑顔に、眉を顰める。アレクの纏う、不敵な覇気が弱まっているような気がする。頬がかすかにやつれているせいだろうか。「気のせいさ」と言って、彼はさらに微笑んだ。ルベトは不服げに視線を伏せて、首を振る。気のせいのはずがない。

「いつも本当のことはごまかそうとするのね」

「思い過ごしだ」

「詮索《せんさく》されたくないのなら聞かないわ。でも、無理はしないでね」

姿や性別を偽って、女たちに紛れて暮らしているのだ。彼も疲れることが多くあるだろう。ルベトの言葉に、彼はじっとルベトを見つめた。

「なに？」

何か変なことでも言っただろうか。ルベトが戸惑いがちに尋ねると、彼は「いや」と小さくつぶやいた。

「明日から奥宮入りだろ？」

「ええ」

こくりとルベトがうなずく。すると、アレクは天井を仰いで前髪をかき上げた。

「ひとつ忠告しておいてやる」

「忠告？」

ルベトは訝しげに首を傾げた。

「紫色の衣を着た連中を見かけたら、関わるな」

紫色⁉

ルベトは、身を強張らせた。脳裏に、ニグレトを連れ去った老人の顔が浮かぶ。彼も、紫色の衣を着ていた。ルベトの反応を予想していたのか、彼の緑眼は動ずることなくルベトを捕らえ続けている。

「紫色の衣は、王宮の中でも相当な高位者だ。絶対に手を出すな」

「でも、ニグレトの手がかりが……」

彼らがニグレトを連れ去ったのだから、彼らを調べればニグレトにたどりつくのではないか。ルベトは、心の中に嵐《あらし》の前触れを感じた。

「ルベト。いいか。絶対に手を出すんじゃない」

アレクが強くルベトの腕を握りしめる。骨が軋《きし》むような痛みを感じて、ルベトは思わず唸《うな》った。それでも、アレクは力を緩めただけでルベトの腕を放そうとしない。

「アレク……痛いわ」

ルベトは思わず視線を落とした。アレクの影が迫る。ルベトが再び視線を上げたとき、目の前に彼の顔があった。鮮やかな緑眼の奥に、燃えるような何かがある。ルベトを捕らえて焼き尽くそうとしている。そんなふうに思われて、本能的に体がのけ反った。

「そこまで、そいつが好きなのか」

ふいにアレクの唇が開いて、すぐに閉じた。耳をかすめた彼の言葉に、ルベトは戸惑う。しかし、彼の言葉の真意を測る間もなく、アレクの手はルベトを放した。

「とにかく、奥宮ではおとなしくしてろ。俺は奥宮には入れない。何かあっても、守ってやれないぞ」

突き放すように言われて、ルベトはどう答えていいのか分からなくなった。摑まれたところが、生々しく痛む。そんな二人に、朱衣は首を振ってがちゃがちゃと馬留めを鳴らした。目を血走らせ、いまにも綱を引きちぎろうとする朱衣に、アレクは苦いものを含んだ顔で肩をすくめる。

「安心しろよ。おまえのたいせつなご主人様に手は出さないって」

「そ、そうよ。アレクはあたしに乱暴なんてしていないわ」

ルベトが慌てて朱衣をなだめる。アレクは片頬に複雑な笑みを浮かべると、腕組みをして軽く首を振った。

「落ち着いたころに、奥宮へ文を出すよ」

そう言いおいて、彼は厩舎《きゅうしゃ》を出た。ルベトは初めて見るアレクの態度に戸惑いながら、何も言えずに遠ざかる彼の後ろ姿を見つめていた。

5

その翌日、ルベトは延蓮への挨拶《あいさつ》をすませるため、彼女の公務室のある建物の廊を歩いていた。

(正午の鐘が鳴ったら、本当に奥宮に行くんだわ)

ようやく実感が湧《わ》いてきた。ルベトは、これからしばらくの間袖を通すことのなくなるであろう藍色の官服を揺らして、思わず溜息をついた。この溜息は何を意味するものだろう。ルベト自身にも、それは分からない。延蓮の公務室が視界の中に入ると、そこで立ち止まって着物の裾を整えた。大きく深呼吸して、気持ちを鎮める。延蓮の公務室を訪れるのは、なぜだか勇気が必要だった。

公務室の戸が開く。中から紫色の衣を纏った官吏らしき男が出てきた。

ルベトは、息を呑んで目を見開いた。紫色は、昨日アレクが言っていた衣の色。そして、ニグレトを攫った老人が纏っていた衣の色だ。

（どうしてそんな人が、延師のお部屋に⁉）

ルベトは震える指をきつく握りしめた。大きく息を吸って、なんとか平静を装う。

公務室から出てきたのは、若い男だった。丸まるとした顔に、うっすらと紅をはたいた頬。目は大きいが、愛らしさはない。眉はなく、そのため顔から感情の起伏がうかがえない。恰幅《かっぷく》がいいというよりは、赤ん坊のような肉の付き方をしている。紫色の衣が、はち切れそうだ。ルベトは下位の者の礼儀として、紫色の衣の男に道をあけ、深々とお辞儀した。男は一瞬ルベトに視線を投げ、そのまま通り過ぎる。ジャスミンの花のにおいが、ルベトの鼻をかすめた。これは、香《こう》だろうか。少々きつすぎる。

ルベトは、遠ざかっていくふくよかな背中を見送りながら、澱《おり》のようなものが胸にたまるのを感じた。気持ちが濁って、どんどん沈んでいく。

（いけない。延師があたしのために時間を取ってくださったのに、冴《さ》えない顔で会うのは失礼だわ）

ルベトは自分を叱咤《しった》して、おのれの頬を両手で叩《はた》いた。気持ちを入れ替えるように大きく息を吸って、

「延師、姜子です」

と、扉の前で名乗る。すると、扉越しに「入りなさい」という声が聞こえた。ルベトはそろりと扉を開いて、延蓮の公務室に入る。

「そこにお掛けなさい」

延蓮が長椅子を指して、着席を促す。ルベトはうなずいて、遠慮がちに長椅子へと腰かけた。赤いビロードを張った椅子は柔らかく、ふっかりとして心地がいい。

「今日から、奥宮ですね」

そう言いながら、延蓮もルベトの向かいに腰かけた。

「恒琳殿の指示をよく聞いて、王族貴人の方々に失礼のないよう努めるのですよ」

「はい」とうなずきながら、ルベトはおずおずと延蓮を見上げた。彼女は細く小さな目で、「何か」とルベトを見返す。ルベトはあのう、と口ごもりながら、おそるおそる切り出した。

「あたし……また芸人に戻れますか?」

延師からは、おこがましいと思われるかもしれない。それでも、ルベトは聞かずにいられなかった。ルベトの胸は、相反する二つの気持ちで揺れている。ひとつは、奥宮に入れるという喜び。そしてもうひとつは、延蓮の元を離れるという寂しさと、芸人ではなくなるという喪失感。嬉しいはずなのに、後ろ髪を引かれるような名残惜《なごり》しさがある。

ルベトの言葉に、延蓮が目を瞬《まばた》かせる。ほんのつかの間の沈黙の後、延蓮は小さく笑った。

「時期がくれば、必ず戻れます。あなたは私の弟子なのですから」

延蓮の言葉に、ルベトはほっと胸を撫で下ろして、「ありがとうございます」と深くうなずいた。

「孫怜はいずれ私をしのぐでしょう。あれは芸の神に愛された偉材です」

そんなルベトに、延蓮は淡々と話を始める。ルベトは黙って、彼女の言葉に耳を傾けた。

「しかしそのために、あの子にはともに技を磨く仲間がいなかった。舞台では結果を残すけれど、あの子はいつも物足りない顔をしていた。けれど、あなたが来てから孫怜は充実していたようです」

あたしが来てから、孫怜が充実していた？　明らかに、あたしは孫怜より技術が低いというのに？

「どうして、延師はあたしを白面郎役の候補に……、その……孫怜と競わせたんですか？」

気が付けば、ルベトは延蓮に尋ねていた。

わざわざ芸を比べるまでもなく、孫怜のほうがずっと白面郎にふさわしかった。それなのに、なぜ延師はあたしの名を挙げたのだろう。

「あなたが、私の心を打ったから。そしてあなたの白面郎を見てみたいと思ったから。それだけです」

延蓮の言葉は、いつも簡潔で素っ気ない。それゆえに、ルベトの胸へまっすぐに届いた。

（あたしの白面郎を見てみたいと思ったから……？）

まるでそれは愛の告白のようにルベトの心に染み入って、瞳《ひとみ》の奥をつんと熱くした。

ニグレトを追って、ここまで来た。それだけが目的のはずだった。それなのに、延師に認められるのが、どうしてこんなに嬉しいのだろう。もっともっと認められたいと、うまくなりたいと願わずにはいられない。それはどこか、ニグレトへの裏切りのような気もする。ルベトは打ちのめされるような歓喜の裏側で、ひそやかな後ろめたさを感じた。

「そろそろ、私は評議がありますから」

「は、はいっ！」

慌ててルベトが答える。延蓮は薄く微笑み、椅子から立った。ルベトもとっさに椅子から立ち上がると、「お時間をいただきました」と頭を下げる。

「姜子、粗相のないよう気を付けるのですよ」

ルベトは再度深くうなずいて、延蓮に応える。延蓮は、目を細めてルベトの肩にそっと触れた。

「最後に、孫怜が会いたがっていました。時間が許せば、行っておやりなさい」

(孫怜があたしに?)

不思議に思いつつ、ルベトは「分かりました」と拱手《きょうしゅ》する。

ルベトは延蓮の公務室を出たあと、かつて孫怜と白面郎役を競ったあの道場へと足を運んだ。そこでは、八人の芸人が白面郎の歌を演じている。ルベトは扉の陰から、こっそりと彼らの姿をのぞきこんだ。高い位置で結わえた雀頭色《じゃくとういろ》の髪。間違いない。孫怜と、楽隊たちだ。ルベトの姿に気づいて、孫怜が動きを止める。楽隊たちに何か言いおいて、ルベトの元へとやってきた。

「なんの用」

孫怜は突き放すような口ぶりで尋ねた。まるで責められているように感じて、ルベトは口を噤《つぐ》む。

「ま、いいわ。ちょうど休憩を入れるところだし、ちょっと付き合いなさいよ」

孫怜は返事も聞かないまま、ルベトの腕を引いて道場の外に連れ出した。

「あんた、奥宮で二の姫様の侍女になるんだってね。あんなとこに行くなんて、気が知れないわ」

ツンとしたままの顔で、孫怜が庭に面した広庇の欄干に寄りかかる。空は明るく清く晴れ渡っている。もうじき正午の鐘が鳴るころだ。

「本当にそれでいいわけ?」

孫怜がルベトを睨み付ける。

「どうせ、奥宮の連中の圧力に屈して侍女になるんでしょ? わたしには及ばないにせよ、せっかく延師が目をかけてくださってるのに、姫様のお世話をしに行くなんてばかみたいだわ」

「……孫怜からしてみたら、ばかみたいかもしれないけど」

ルベトは空を仰いで、ニグレトの顔を思い浮かべる。

「あたしは、与えられた場所で精一杯やるわ。芸人としても、侍女としても」

ルベトは孫怜に視線を移した。眉を顰めている孫怜に、悪戯っぽく笑いかける。

「あたしだって延師に選ばれたんだもん。次に会うときは、踊りも歌もあなたに負けないわ」

「……生意気言うようになったじゃない」

孫怜は表情を一変させ、愉快だと言わんばかりにニヤリと笑った。

「いいわ。次もコテンパンに負かしてあげるから、とっとと奥宮の仕事を終わらせて、ここに戻ってきなさいよ!」

分かったわねと念押しする孫怜に、ルベトは笑って応える。ルベトと孫怜の手が自然と伸びて、二人は固く握手を交わした。

＊

その日の昼下がり、美しく身なりを整えた女官に導かれて、ルベトは白石の廊を渡っていた。見たこともないほど豪華な廊だ。天井は格子状に枠組みがはめこまれ、ひと目ごとに草花の絵が描かれている。

（ここが奥宮）

ルベトはこっそりと周囲に目を配りながら、小さく喉を鳴らした。すれ違う人、向かいの廊を行く人、立ち話して談笑を交わす人。ここにいるのは、王族や貴族の侍女や直属の家来、尚の高官なのだ。行き交う人の眼差しには怜悧《れいり》さが宿り、面立ちには重責を担っているという自信が溢れている。

――あたし、場違いだわ。

そんなことを思いながら、ルベトは与えられた絹の衣をひらめかす。

緑桂は、どんな姫君だろう。以前に会ったときは、ほんの少ししか話をしなかった。悪い子ではなかったと思う。可愛《かわい》らしい印象の、お人形のように整った顔だちをした少女だった。

(相手はお姫様。粗相のないようにしなくっちゃ……!)

黒い漆に、金の花飾りを施した扉の前で女が立ち止まる。ルベトも足を止めた。

「中で、緑桂様がお待ちでございます」

ルベトを促すように女が頭を垂れる。ルベトは、扉を押し開いた。途端に、日の光が視界いっぱいに溢れる。思わず手を顔に翳《かざ》すと、くすくすと愛らしい笑い声が聞こえた。

「待ちわびたぞ、姜子」

白い頬に豊かな髪を結わえた美しい少女が、光を背に負って微笑んでいる。丸く突き出た額。太めの眉と、とろけるような目元。あの日出会った女の子だ。

(本当に、お姫様だったのね……)

ルベトは深々と頭を垂れた。

「姜子と申します。このたびは――」

「かたい挨拶はよせ」

にんまりと緑桂は笑った。優雅にというよりは、子どもらしい快活な笑みだ。しかし、けっして下品ではない。固い蕾《つぼみ》がふいに綻ぶような、華やかな愛らしさがあった。

「会いたかったぞ、姜子!」

緑桂は、小走りになってルベトの腰元に抱き付く。ルベトは突然のことに、なんと答えればいいのか分からなかった。緑桂の体から、ふわりと甘い木犀《もくせい》のにおいが香《かお》ってくる。

「あの、緑桂様」

「緑桂で良い！　親しい者は、『緑桂』と呼ぶ。姜子もそう呼んで良い」

　貴人を、それも姫君を呼び捨てにするなど、尚では言語道断だろう。ルベトはぶんぶんと首を振って、緑桂に視線を合わせた。

「でも、あたしが姫様のことをそんなふうに呼ぶだなんて、ほかの方に叱《しか》られてしまいます！」

「その言葉づかいもだめだ。友だちとは、そんなふうには話さぬのだろう？」

　すかさず緑桂の訂正が入る。『友だち』という言葉に、ルベトはしどろもどろになりながら視線を彷徨《さまよ》わせる。

「こ、恒琳様がなんと仰《おっしゃ》るか……」

「恒琳は関係ない。姜子はわたしと友だちになるのがいやなのか？」

「違うの。嫌なんかじゃないわ！」

　しょんぼりと肩を落とす緑桂に、ルベトは慌てて声を上げた。その言葉を耳にして、緑桂は心底嬉しそうに破顔一笑する。

「本当か？」

「ええ。本当よ」

「では、わたしと姜子は友だちだ。これからたくさん、一緒に遊ぼう」

緑桂はころころと表情を変えながら、子猫のように甘い声でルベトの手を取った。ルベトがためらう間もなく、緑桂は鼻歌まじりに足を進める。

「今日は一緒にコマ回しでもしよう。わたしの好きな揚げ菓子も用意させた」

それとも、土遊びか木登りがいいか？　そう言って瞳を輝かせる緑桂に手を引かれながら、泥まみれになっている緑桂の姿を脳裏に描いて、「コマ回しにしましょう！」と懇願するように返した。高価な着物を汚したら、なんと文句を言われるか分からない。遊び場までの近道だと言って窓から出ようとする緑桂を必死に止めながら、ルベトは内心汗をかいた。

出会いが出会いだけに緑桂をおとなしい姫君だとは思っていなかったが、なかなかお転婆な性格らしい。にこにこ笑っている緑桂を見つめながら、ルベトはこれから始まる奥宮での日々に思いを巡らせた。

四章　奇跡

1

すっかり遊び疲れて眠る緑桂《りょくけい》を寝台に横たえて、ルベトはほうっと息を吐いた。

「姜子《きょうし》殿、緑桂様にこれを」

緑桂の世話をする女官が、薄手の衣をそっとルベトに差し出す。ルベトはきれいに畳まれたそれを広げて、緑桂の上に掛けた。緑桂の額にはりつく前髪を整えてやってから、ルベトはできるだけ音をたてないように彼女のそばを離れる。

世話役の女官たちは床の上に散らばったおもちゃを拾ったり、書机に出しっぱなしの絵巻物を書棚に片づけたりしている。ぼんやり見ているのも所在なくて、ルベトは彼女たちを手伝おうとそばに落ちていた人形を手に取った。

「姜子殿。これは私どもの仕事ですので」

「す、すみません」

きっぱりとした制止の声に、ルベトは慌てて人形を手放す。余計な手出しはするなと言いたげに、制止をかけた女官がサッとルベトの置いた人形を拾い上げた。

「緑桂様のお昼寝が終わるまで、少しお外で休まれてはいかがですか」

それを見ていた別の女官が、優しくルベトに微笑《ほほえ》みかける。どうやら気を遣われているらしい。ルベトは申し訳ないような気持ちになりながら、肩身を狭めてうなずいた。

「じゃあ、あたしは少し外の空気を吸ってきます」


高い建物から眺める景色は広々として、心地がいい。視界一面に、爽《さわ》やかな晴天と奥宮の屋根が広がっている。盛大に伸びをしながら、ルベトは胸いっぱいに午後の空気を吸いこんだ。

奥宮に入って、ひと月。侍女の仕事にも慣れ、奥宮にもなじみ始めている。

欄干にもたれかかりながら、奥宮を行き交う人の姿をぼんやり眺める。ちょうど、朱色に塗装された道の大路を気ぜわしく歩く男と、大股《おおまた》で歩く大柄な男がすれ違う姿が見えた。あれは文官と武官だろうか。大路の端で見張りをしている兵士たちは、ぴっしりと両足を揃《そろ》えたまま微塵《みじん》も動かない。

（このどこかに、ニグレトはいるんだわ）

ルベトは、ぐるりと視線を巡らせた。奥宮内は門や壁で区切られ、そのどこにも見張りの兵士が立っている。奥宮の警備は厳しい。ルベトがいままでいた大左宮《だいさきゅう》と呼ばれるところと比べると、まるで厳重さが違う。王宮内であるのにもかかわらず、奥宮を守る門は常にかたく閉ざされ、配置されている兵の数も多い。それほど、奥宮の者は尚《しょう》にとって重要な位置を占めているのだ。

(彼はどこにいるんだろう)

ふと目に入った真っ白な門がルベトの気を引いた。洗練された建物に、色鮮やかな庭園を誇る奥宮の中で、その門だけが異質な空気を放っている。

(あそこは、たしか神域があるっていう……)

白く巨大な門の向こう。そこは神を祀《まつ》るための場所だという。ルベトは緑桂の部屋を振り返ると、ぐっすり眠る彼女の姿を頭に思い浮かべた。

(あれだけ寝てるんだし、しばらくは起きないわよね)

普段は緑桂と行動を共にしているから、なかなか奥宮のことを探れなかった。今日の機会を逃すことはない。一度、奥宮のことを調べてみよう。もしかしたら何か摑《つか》めるかもしれない。ルベトは心に決めて、その場をあとにした。

緑桂の寝殿である東麓殿《とうろくでん》からまっすぐ北上し、石造りのアーチ形の門を二つ抜けた先にそれはあった。

　奥宮の神域を守る白亜の砦《とりで》、静聖門《じょうせいもん》。

　門の上には甍《いらか》が重くのしかかり、柱はルベトが腕をいっぱいに伸ばしても間に合わないほど太かった。扉の枠には鉄《くろがね》が打ちこまれ、見る者を圧倒する。何か張り詰めた空気が、門全体から立ち上っていた。ちょうど、この門の上で二つの異質な世界がぶつかりあっているような重みがある。どこまでも続く門壁は白く、高さも相当ある。まるですべてを拒んでいるようだ。

「先ほどから、何か？」

　門番の男がルベトに声をかける。ルベトがどきりとしつつ、気分転換に散歩をしているのだと答えると、兵士は「ああ」と納得した顔でうなずいた。

「それなら雨花閣《うかかく》に行くといい。温室の庭は広いから、いい気晴らしになるよ」

「雨花閣？」

「赤い瓦屋根《かわらやね》の、三階建ての建物さ。あそこに見えるだろ」

　門番が指さす先を見れば、たしかに赤い屋根が見える。ルベトは頭を下げると、怪しまれないうちにその場を去った。

　静聖門の周辺をひと通り歩き回る。静聖門に通じる道は、三つ。正面に通っている大路、東春宮《とうしゅんきゅう》、西秋宮《せいしゅうきゅう》からそれぞれ通じている小路《こうじ》。ルベトが通ってきたのは、このうちの東春宮の小路だ。小路とはいえ、尚の奥宮だけあって馬車が余裕で通れるほどの広さがある。

「神域には、いったい何があるんだろう……」

神を祀る場所とはいえ、これほどの門で守らなければならないとは。ルベトはしみじみと、門壁に手をついて向こう側の世界を想《おも》った。

小路の向こうから、美しい衣を纏《まと》った一行が歩いてきた。従者が大きな日傘を持って歩き、先頭を行く娘を日差しから守っている。娘の傍らには幾人もの女官が付き従い、厳かに進行をしている。道行く者がみな膝《ひざ》をつき、頭を垂れて拱手《きょうしゅ》する。尚の最高礼のひとつだ。と、いうことは、あの一行の先頭は相当地位の高い者なのだろう。ルベトもほかの者と同じように膝をついて拱手し、深々と頭を垂れた。

そのとき、一陣の風が駆け抜けた。

突風だ。ところどころで悲鳴が上がった。ルベトも、風にあおられ姿勢を崩してしまった。高位者の前で失礼があると、きついお叱《しか》りを受けることになる。ルベトが慌てて身を整えようとしたとき、腕に薄衣《うすぎぬ》が絡まっているのが目に入った。

何かしら、これ。

蜘蛛《くも》の糸をより合わせて誂《あつら》えたような、軽やかな生地。太陽の光に透けると、ところどころに結いつけられている輝石がきらきらと輝いた。端に、白い糸で芙蓉《ふよう》の花が刺繍《ししゅう》してある。

（まるで、天女の羽衣《はごろも》みたい）

そんなことを考えていると、ふとルベトの視界が陰った。「あ」と思ってルベトが視線を上げる。そして、無意識のうちに呼吸が止まった。白い面《おもて》に、毒々しいほど赤い唇。瑞々《みずみず》しく、透けるような肌。濡《ぬ》れたように輝く黒髪。まさしく天女のような娘が、ルベトを見下ろしている。

「――衣を」

娘が口を開く。美しく澄んだ声だ。ルベトは何より、娘の赤い唇に目を奪われた。娘の白い歯が、唇の間からちろりとのぞくのが艶《なま》めかしい。

「これ、娘。聞いておるのか！」

突然横から叱咤《しった》を受けて、ルベトはびくりと身をすくませた。我に返れば、付き人のひとりが目を怒らせてルベトに迫っている。

「ぼうっとしていないで、白蓉《びゃくよう》様に衣をお返し！」

「す、すみません！」

ルベトは慌てて手に持っていた薄衣を付き人に差し出した。フン、と鼻息を荒くして、付き人は薄衣をルベトから受け取る。それからくるりと踵《きびす》を返し、白蓉と呼ばれた娘の肩に薄衣を掛け直した。

「礼を言う」

白蓉の黒真珠のような目が、ルベトに向けられる。ルベトは、とっさに何も答えられなかった。何か言わなくちゃ。そう思うのに、唇が動かない。

「白蓉様、このような者にもったいのうございます」

慌てて付き人がルベトと白蓉の間に割って入る。それ以上何も言わず、白蓉は再び一行の先頭に戻り、日傘の下に入った。そしてまた、なにごともなかったかのように行進が始まる。

――あれが、尚の姫、白蓉……。

彼女が、緑桂の姉。尚国の体制に関する授業で、名前だけは聞いていたが、その姿を初めて見た。愛らしくあどけない緑桂とはまるで違う。白蓉の美しさは、ニグレトの美しさとも、アレクの美しさとも違っていた。いつか、彼女の身に何か良くないことが起こる。そう思わずにはいられない、危うさとはかなさを含んだ美貌《びぼう》。

(どうしてこんなに胸がざわつくんだろう)

ルベトはざわざわと騒ぐ胸を押さえて、白蓉一行の後ろ姿を見送った。

2

「どうしよう。ここ、どこかしら……」

ルベトはがくりと肩を落として、池に面した亭に座りこんだ。池の碧《あお》い水面には、青々した蓮《はす》の葉がゆったり漂っている。

兵士に教わった雨花閣を目指して歩いていたつもりが、迷ってしまった。遠くに独特の屋根が見えるものの、いっこうにたどりつけない。もうずいぶん長いこと、あたりをぐるぐると回っているだけのような気がする。

「このままじゃ、東麓殿にも帰れそうにないわ……」

世話役の女官たちは、あたしを捜してくれるかしら。ルベトはあたりを見回すが、誰の姿も見えない。これでは、帰る道を尋ねることもできない。庭の景色をぼんやり眺めつつ、深く溜息《ためいき》をついた。草は伸び放題に伸び、植栽も雑草も入り乱れたように生い茂っている。ずいぶん寂れた庭だが、どこの建物の庭だろう。人の気配のない荒れた庭は不気味で、ルベトはぶるりと身を震わせた。

（そういえば、昔もこんなことがあったな……）

あれはルベトが十にも満たない年のころだった。村から逃げ出した子羊を追っているうち、いつの間にか村から離れすぎて帰れなくなった。あれも、今日と同じ夏の日だった。日暮れになっても村にはたどりつけなくて、あたりがすっかり暗くなってしまい、大きな岩の陰に身を潜めて、狼《おおかみ》の遠吠《とおぼ》えを耳に入れながら怯《おび》えていた。

（誰かあたしを捜しに来て）

幼いルベトは、祈るように念じながら身を縮こまらせていた。

夜の暗さが恐ろしくて、寂しくて、ただただ心細くて、どうしようもない。泣きじゃくりたい気持ちを必死に堪《こら》えて、ぎゅっと拳《こぶし》を握りしめた。

――ルベト、やっと見つけた。

そしてそんなとき、ニグレトが来てくれたんだ。

「村に帰ろう。みんな心配してるよ」

そう言って差し出された彼の手に、とても安堵《あんど》したのを覚えている。満天の星の下、蒼《あお》い闇《やみ》に白く映える彼の姿がとてもきれいで、あたし、泣くのも忘れて見入っていたっけ。

手を繋《つな》いで、月夜の草原を歩いた。ときどき聞こえる狼の遠吠えに怯えるあたしを、彼は一言も責めたりしないで勇気づけてくれた。

――ニグレト、ごめんね。こんな遠いところまで来るつもりじゃなかったの。狼に襲われたら、あたしのせいだよね。

――ルベトは、何も悪いことをしてないよ。大丈夫。僕がそばにいるから、狼なんて怖くないよ。

きっとニグレトも怖かったはずなのに、優しく微笑んでくれた。それを聞いて、本当に安心した。ニグレトがいれば、何も怖くない。大丈夫なんだって。

「ありゃ、先客？」

「え？」

突然声をかけられて、ルベトはハッと顔を上げた。いつの間にか、見知らぬ男がルベトの隣に立っている。

「珍しいなぁ。ここに俺以外の人がいるの、初めて見たかも」

そう言って、男はとすんとルベトの隣に腰かける。目鼻立ちの華やかな男だ。眉《まゆ》は太く、眼窩《がんか》は深く、目元にはどこか甘い香りが漂っていた。彼の面立ちは、西の気配を色濃く宿している。尚の正装を身に着けているが堅苦しい装飾は少なく、居丈高《いたけだか》なものを感じさせない。

（この人、何なのかしら……）

ずいぶん親しげに話しかけてくるが、ルベトはこの男を一度も見たことがない。

「きみ、見かけない顔だちだけど、西から来たの？」

「生まれは西です。あなたも西の方ですか？」

ルベトが尋ねると、男は「うん」とうなずいた。話し方に気取りがない。響きは柔らかいが、ややかすれぎみで、魅力的な声だ。

「俺は虎人《こじん》だけど、尚で生まれ育ったんだ。ここじゃ西の人間はあまり見かけないから、同族を見かけると嬉《うれ》しくってね」

つい声をかけちゃったよ、と、男は無邪気に笑った。

「物思いに耽《ふけ》ってたみたいだけど、詩作でもしてたの？」

そう指摘されて、ルベトはどきりとした。

人の気配なんかまったく感じなかったのに、この人、いつからあたしのこと見てたのかしら。

「道に迷っちゃって……ただ、途方にくれてただけなんです」

詩作なんてそんな高尚なこと、してません。ルベトが首を振りながらそう答えると、男は「ふうん」と自らの顎《あご》を撫《な》でながら微笑んだ。

「どこから来たの？」

「東麓殿のある、東春宮です」

「ああ、知ってる知ってる。迷ってるなら、送っていってあげようか」

にっかりと歯を見せて男が快活に笑う。ルベトが「え」と首を傾《かし》げると、男は遠慮しないで任せてよと胸を叩《たた》いた。

「でも、あなたも何かご予定があるんじゃ」

「いいのいいの。俺は暇つぶしにここに来ただけなんだから」

「暇つぶし？」

「そう。俺の主《あるじ》が、珍しい金糸雀《カナリア》に夢中になっててねぇ。なんだか見てられなくてさ」

主がいるということは、この男は誰かの僕《しもべ》のようだ。彼は長く細く息を吐いて、遠くを見つめる。ルベトは彼の視線の先を追った。そこには白く大きく、静聖門が聳《そび》えている。

「そうだ。何か西の歌を教えてよ」

男はころりと表情を変え、ルベトに身を寄せて、思い切り破顔した。やはり西の者らしく、体つきが尚の者よりひと回り大きい。彼の瞳《ひとみ》の輝きの中にあるものは、虎人への好奇の色ではなく、親愛の情だとはっきり見て取れた。

男から漂う懐かしい西の香りに、ルベトの心が柔らかく揺れた。それが、ルベトをうなずかせたのかもしれない。

「いいですよ」

ルベトは立ち上がって男に向き直った。どんなものがいいですか、と問うルベトに、男は「そうだねえ」と顎を撫でさする。

「きみの生まれた部族の歌がいい。西の歌を聞かせたい人がいるんだ」

「聞かせたい人？」

「尚でいちばん尊くてきれいな人さ」

首を傾げるルベトに、男は笑みを深めた。くしゃりと細められた、深い彫りの目元。ルベトは、彼の笑顔にとろけるような優しさを感じた。その優しさはルベトにではなく、その「聞かせたい人」に注がれているのだ。

――ああ、きっとこの人は、その人のことがとても好きなのね。あたしがニグレトを好きなように。

ルベトはこの西の風情《ふぜい》を纏った男が、いっそう親しく思われた。

今日は発月《はつがつ》二十九日。明後日《あさって》は終夏《しゅうか》の小宴《しょうえん》の日だ。きっと、孫怜《そんれい》もいまごろ舞台の稽《けい》古《こ》に励んでいるに違いない。そう思うと、なんだか体に元気がみなぎってきた。ここは、とっておきの一曲を披露しなければ。ルベトは、拳を固めて「よし」とおのれに気合を入れる。

「じゃ、あたしの好きな歌を歌いますね！」

ルベトは亭を躍るように飛び出し、庭の更地の真ん中に立った。靴を脱いで、そばに放る。足の裏に感じる土の感触が、なんだか懐かしい。ルベトは踵《かかと》を踏み、男へ向かって一礼した。右腕を広げ、左手で裾《すそ》を摘まんで歩を踏む。たたん、たん、たん。裳裾《もすそ》を翻し、髪をなびかせ、くるくるとコマのように回る。そして、胸にニグレトの笛の音を響かせた。いまは聞こえなくても、思い出の中でいつも響いているあの優しい音色。その音曲に合わせ、ルベトは高らかに歌う。

ルベトは再び、幼い日にニグレトと白虎《びゃっこ》ケ原《がはら》の夜を歩いた日のことを思い浮かべた。

――ルベトは、何も悪いことをしてないよ。大丈夫。僕がそばにいるから、狼なんて怖くないよ。

そう言って、ニグレトはあたしに微笑んでくれた。あのとき、初めてあたしの胸が音をたてた。

ああ、そうか。あれが、ニグレトを好きだと自覚した瞬間なんだわ。ルベトの心臓が、トクンと音をたてる。

――離れていても、あなたのことで胸がときめくなんて。

ニグレトのことを想って、自分自身に新しい発見がある。それはルベトにとって大いなる喜びであったし、また自分自身への驚きでもあった。

ニグレトを好きでいることで、どんどん自分を好きになれる。新しい自分に会える。ルベトはそれが、なぜだか誇らしくさえあった。

（ああ、あなたが好き）

歌うたび、歩を踏むたび、どんどんと湧《わ》きあがってくるニグレトへの気持ち。

彼のためにすべてを差し出せと言われれば、あたしは喜んで差し出せる。彼から与えられるものが悲しみであっても、あたしは喜んで受け取れる。

この歌声と心が、風に乗ってニグレトのところまで届きますように。ルベトは心から溢《あふ》れるものを、歌に変えて空へと放った。

3

——ルベト?

ニグレトは、横笛を奏でる指を止めた。歌口から唇を離して、顔を上げる。しかし、当然だがルベトの姿はここにはない。

「空耳……か」

ニグレトは、周囲を見回しながらつぶやいた。たしかにルベトの歌声が聞こえた気がしたのだが、いまは風の音が耳に鳴るだけ。緑の波が立ち、池の蓮が水面に揺れている。風の音にルベトの声を聞いてしまうのは、彼女に会いたいと願うがゆえの幻聴なのだろうか。

「いや、違う」

ニグレトは首を振った。

幻聴じゃない。ルベトがどこかで歌っているのだ。耳に聞こえずとも、胸に響いてくる。心の奥底に、ルベトの吐息を感じる。豊かな赤茶色の髪。眩《まばゆ》い瞳。頬《ほお》を薔薇色《ばらいろ》に染めて、ルベトは胸いっぱいに溢れる感情を歌う。

——きみの声は、僕に届いているよ。

「……僕の笛の音は、きみに届くかな」

ニグレトは再び歌口に唇を添えて、吐息を吹きこんだ。

捕らわれの身など捨てて、魂《こころ》が音になってルベトの元へ飛んでいけばいいのに。そう願って、ニグレトはルベトのために彼女の好きな曲を奏でる。

——僕はただ、白虎ヶ原できみと穏やかに暮らしたかったんだ。

ニグレトの透明な旋律は風に乗り、どこまでも清らかに響き渡る。

離れた場所、同じ時、ルベトとニグレトの心が重なり合った。

＊

ルベトの耳に懐かしい音色が鳴った。笛の音だ。柔らかで、美しい。聞き覚えがある。

——この音は、ニグレトの笛の音だわ。

ルベトは目を見張った。ルベトがニグレトの笛の音を聞き間違うことなどあるはずがない。彼が、どこかで音曲を奏でている。

ルベトの胸が、ニグレトの音色でいっぱいになる。体が何かに引っ張られるような感じがして、ルベトの視界が光に溢れて真っ白になった。まぶしい、と思ったのもつかの間。

ルベトの目の前には、白虎ヶ原の草原が開けていた。

尚の王宮の庭にいたはずなのに。ルベトは不思議に思いながら、あたりを見回した。乾いた風。浅い緑の丘。遮るもののない蒼穹《そうきゅう》。その中に、金色の髪をなびかせた青年がひとり、横笛を奏でている。

「ニグレト？」

ルベトが名を呼ぶと、青年が振り向いた。ざあっ、と風が吹き抜ける。輝く真珠のように白い肌。金色の瞳に、薄紅色の唇。彼も驚いたように目を見開いて、ルベトを見つめている。

「ニグレト！」

ルベトは歓喜に目を輝かせながらニグレトに駆け寄って、その胸の中に頬を埋《うず》めた。ああ。ニグレトだ。ニグレトがここにいる。ルベトの心が痛いくらいに震える。ずっと会いたかった人がここに。

「あたしよ。ルベトよ。ねえ。ニグレト、あなたよね？」

ニグレトの手が、おそるおそるルベトの体に触れる。

「ルベト……？」

震える声で問い返すニグレトに、ルベトは「そうよ」と答えた。ルベトの目に見つめられて、ニグレトは切なげに眉根《まゆね》を寄せる。

「——ルベト！」

そう振り絞るように名を呼んで、ニグレトがルベトをかき抱く。ルベトはされるがままに身を任せた。彼の胸にぴったりと寄せた耳から、音が聞こえてくる。笛の音だ。音は振動となって、ルベトの中にまで響いてくる。この音に合わせて踊ったら、どれほどすばらしいだろう。ルベトはそっとニグレトから身を離して、彼の目を見つめる。ニグレトも、ルベトをじっと見つめていた。何も言わずとも、ニグレトが何を想っているのかルベトには手に取るように分かる。そして、ルベトが何を想っているのか、ニグレトも分かっているのだろう。二人は見つめ合い、指を絡めて手を握り合った。

これは夢？　それとも幻？　そのどちらだとしても、かまわない。ルベトは、燃え上がるような熱を心臓に感じた。

（ニグレトが、あなたがここにいる）

ルベトは溢れ出す歓喜に胸を熱くして、いまにも泣き出しそうな笑みを浮かべた。ニグレトの指が、そっとルベトの頬を撫でる。たとえ離れていても、二人の心はひとつ。そんな気がして、ルベトの視界が滲《にじ》んだ。溢れる涙に、ルベトが瞼《まぶた》を閉じる。その途端、先ほどと同じように、体が後ろへ引っ張られた。

だめ。彼と離れてしまう。ルベトは、とっさに手を伸ばした。しかし、ルベトの指は空を摑む。

――ニグレト！

再び白い光が視界で弾《はじ》けた。そして瞬きのうちに、ルベトの視界が開ける。

そこは王宮の中の荒れた庭で、白虎ヶ原の草原などではなかった。風がそよそよと吹いて、木々の葉を揺らす。男が、唖然《あぜん》とした表情《かお》でその場に立ち尽くしているのが目に入った。

「……あれ……？」

ルベトは呆然《ぼうぜん》として、肩で息をしていた。脳が焼ききれそうに熱い。

「きみ、足元……」

「……え？」

男が指を指すままに、ルベトは視線を落とした。そして、信じられない光景に思わず悲鳴を上げる。ルベトが踏んでいた土から、草花の芽が萌《も》えだしている。驚異的な速さで成長し、茎を伸ばして花を咲かせた。はらりと花弁が散り、また別の花の茎が次々と伸びる。ルベトの足元だけではない。木の枝、池の上、草むら。そこかしこで、花が咲き乱れ始めている。

「何が起こったの？」

あたしはここで踊って、そして……そして、何があったんだっけ。分からない。白昼夢のようなものを見ていた気がする。つい先ほどまでのことが、記憶に靄《もや》がかかったように思い出せない。

ルベトは呑《の》みこめない状況に戸惑って、全身をかたかたと震わせる。男は前髪をかき上げると、小さく「殿《との》」とつぶやいた。そして眦を厳しく細めて、静聖門をひと睨《にら》みする。

「ごめんね。用事を思い出した。俺、行かないと。ここをまっすぐ行って右に二回曲がれば門番がいる。帰り道は、その人に聞いて」

そう早口に言いおいて、男は身を翻す。ルベトが止める間もなく、彼は駆け足で荒れ庭を出ていった。

ひとり取り残されたルベトの脳裏に、かつて南アワイで起こったことがよぎる。

「……似てる」

あのときは、井戸が噴いた。そして、そのあと灰色の目の女の子が現れて――。ルベトは、きょろきょろとあたりを見回し、そして瞠目《どうもく》した。

「……！」

庭の草木から、淡い光の玉が立ち上っている。まるで露が朝日に輝くように、きらきらと無数の輝きが庭を彩った。

「怖がることはない。みんな、喜んでいるだけだから」

くすくすと笑う声。ルベトが振り向くと、灰色の瞳の女の子がいた。どんぐりのような目に、子ども特有の丸い顔。純白の絹の衣は見間違えようもない。南アワイの、あの童女だ。

「あなた……!!」

ルベトは、とっさに退いた。

「もうじき、この王宮を大火が呑む」

童女は顔から笑みを消して、じいっと食い入るようにルベトの目を見つめる。ルベトは絶句した。大火が王宮を呑む？　肉厚の可愛《かわい》らしい唇から出てくるには、あまりに不穏すぎる言葉だ。

「業《ごう》が巡ってかえってくる」

童女の、まるで未来を見透かしでもしたような物言いに、ルベトの背筋に冷たいものが走った。燃え盛るテン族の村が、ありありと蘇《よみがえ》る。童女はルベトの記憶を読もうとでもいうように、ルベトの目を見つめ続けている。

怖い。これは、畏怖するべきものだ。ルベトは童女の言葉におののきながら、後ろに足を退いた。

「でも、あたしたちは炎より強い」

——あたしたち？

「……あなたはいったい、何者なのですか……」

ルベトは声に出してみて、初めて自分の喉《のど》が震えていることに気が付いた。童女はルベトを憐《あわ》れむように、優しく微笑む。その笑みは、童女と思えないほど大人びて見えた。

「雲海《うんかい》に住まうもの」

そう答えるのと同時に、童女はすっと姿を眩《くら》ませる。庭にはルベトと、草の揺れる音だけが残された。

4

ニグレトは笛を離すと、震える唇で「ルベト」とつぶやいた。

顔を上げて、あたりに視線を巡らす。庭一面に咲き乱れる花々と、宙を踊る蝶《ちょう》。池は目に眩いほどきらめいて、視界に映るすべてのものが柔らかな光のベールを纏っている。

何かがぽとりと、ニグレトの掌《てのひら》に落ちた。涙の粒だ。視線を落として、ニグレトは自分が泣いていることに気が付いた。涙はまだ、温かい。それはまるで思慕の情が溢れ出た一滴のようで、ニグレトは拳を握った。

(あれは、幻だったのか……)

あるいは、僕の心が彼女の元へと旅立っていたのか。そんなことがあるはずないと分かってはいるが、そうであればいいと思う。

風に舞う花弁が、ふわりとニグレトの頬を撫でた。涙を拭《ぬぐ》えと言われたような気がして、眦をこする。幻の中でルベトを抱きしめた掌が、まだその感触を留《とど》めている。ニグレトは西へ視線を送って、再び笛の歌口へと息を吹きこんだ。

＊

「玄柊《げんしゅう》様、玄柊様！」

穏やかな時間を裂《さ》くように、騒がしい声がする。玄柊は書類から顔を上げ、護衛兵はさっと表情を強張《こわば》らせた。扉を叩く間もなく、禰宜《ねぎ》の冠を被《かぶ》った男が部屋へ飛び込んでくる。どうかしたかと尋ねる護衛の男に、禰宜は肩をすくませた。

「御無礼をお許しくださいませ……！」

禰宜は慌てて拱手すると、「どうか清御殿《せいごでん》の庭にお出向きください」と引《ひ》き攣《つ》った声で叫んだ。

「なに？」

玄柊は訝《いぶか》しそうに眉を顰《ひそ》める。護衛兵は戸惑いがちに玄柊に視線を向け、禰宜は縋《すが》るように玄柊を見つめた。ふむ、とうなずき、玄柊は書類を置いて清御殿の庭へと足を向ける。

清御殿の庭の門前では、宮司や巫女《みこ》が玄柊を待ち構えていた。こちらですと背中を押す勢いで、庭の中に通される。

「これは……」

玄柊はそこで立ちすくんで、目を見開いた。

庭の池を囲む木々が、目に痛いほど鮮やかに染まっている。木蓮《もくれん》に、淡い紅の桜桃。百合《ゆり》や、薔薇《ばら》の花まである。芙蓉の花は天高く伸び、梅の花は蕾《つぼみ》を綻《ほころ》ばせた。おのれの咲くべき季節を忘れたがごとく、四季の花々が咲き乱れている。次々と新芽が土より萌え出、ぽろぽろと椿《つばき》は首を落とした。

「玄柊様、瑞祥君《ずいしょうくん》が……!」

恐れと感動の入り混じった目で、禰宜が玄柊を見上げる。彼が指さす先には、清御殿の庭先で笛を奏でるニグレトの姿があった。彼の笛の音に合わせて蝶があたりを舞い、小鳥が空に弧を描いて遊んでいた。禰宜は、畏怖《いふ》を通り越してもはや笑うしかないというように片口角を引き攣らせた。がやがやと、神職の者たちが庭木を見ながら感嘆とともに恐れおののいている。

「……なるほど」

騒ぎの中にあって、玄柊はいつもの表情に戻っていた。はやくも落ち着きを取り戻したらしい。彼は足早に踵を返した。慌てて、禰宜が従う。

「玄柊様、どちらに?」

「蘇《そ》宮司の元だ。清恭《せいきょう》も呼べ。直々に話がある」

「は、ただちに！」

「あの者はやはり、私の瑞祥のようだ」

玄柊はつぶやきながら、ふと足を止めた。

——似たようなことが、以前にもあった。

（ああ、そうだ。南アワイだ）

尚の古曲を歌う、異国の娘。玄柊はかつて、砂漠に囲まれた町で出会った少女のことを思い出した。あの娘の歌と舞は良《い》いものだった。名を聞いておけば良かったか。彼女もまた、瑞祥のひとつだったのだろう。そんなことを思いながら、彼は再び足を進めた。

五章　嵐《あらし》の前兆

1

翌日の発月《はつがつ》三十日、ルベトは奥宮の一角にいた。

澄み渡る空の下、大西門《だいせいもん》と呼ばれる巨大な門の屋根瓦《がわら》が波打つように蒼《あお》く輝いている。広大な広場の四隅に一本ずつ、四神旗《しじんき》が立てられていた。ばさばさと、音をたててはためいている。何百という女官たちが一堂に会し、囁《ささや》き声《ごえ》がざわざわと溢《あふ》れかえっていた。

「姜子《きょうし》、なにぼさっとしてるの」

呼び声に気づいたルベトが振り返ると、侍女仲間が手を振っている。こっちに来いということだろう。ルベトは足早に駆け寄って、侍女仲間の輪に加わった。

「すごい数の人ね。奥宮にこれだけの女官がいただなんて」

どこを見ても女の顔がある。ルベトが心底驚いたというように肩をすくめると、同僚の侍女たちは「ばかねえ」と呆《あき》れ気味に微笑《ほほえ》んだ。

「ここにいるのは恒琳《こうりん》様管轄の女官や侍女だから、奥宮のまだまだほんの一部よ」

「突然集会を開くだなんて、恒琳様ったらどうしたんだろうね」

「そりゃあ、昨日の……ほら」

同僚の侍女たちは目配せをしてうなずき合った。おそらく、昨日起こった奇妙なできごとのことを考えているのだろう。いまの奥宮は、いっせいに草花が芽吹いた現象の話でもちきりだ。ルベトも、自分自身に起こった不思議なできごとを思い出しながら、そうねとうなずいた。

――あれはいったい何だったんだろう。

昨夜、アレクに相談しようとして筆を取ったが、何をどう書けばいいのか分からず、結局断念してしまった。

ジャーン、ジャーン、ジャーン。

三度、銅鑼《どら》の音が響く。途端に女官たちのざわめきがやんで、あたりがしんと静まり返った。大西門の前に設置された壇上に、恒琳が上がる。女官たちは注意深く、恒琳を見守った。

咳払《せきばら》いをして、恒琳は広場に集まった女官を一望に収める。ルベトは耳を澄ませて、恒琳に熱い視線を送った。あの『できごと』のことが、何か分かるかもしれない。

「本日、ここに集まってもらったのは、ほかでもない昨日のことです。みなさんもうご存じでしょうが、奥宮の特定の場所で、花木が芽吹くというできごとがありましたね」

恒琳はひとりひとりに話しかけるように話を進めた。まるで、優しく諭そうとでもしているかのような口調だ。

「あれは、神域である静聖門《じょうせいもん》の向こう側にいらっしゃる瑞祥君《ずいしょうくん》の起こした奇跡なのです」

瑞祥君の起こした奇跡という言葉に、広場の女官たちがいっせいにどよめいた。

——瑞祥君。ニグレト！

ルベトは頭を殴りつけられたような衝撃を感じた。体が、痺《しび》れたように動かない。瞬《まばた》きさえできずに、ルベトは恒琳をじっと見つめた。

「瑞祥君の存在は、まだ公にされてはいません。静聖門からこちらにお出ましになるのは、神域にて行われる月見祭《げっけんさい》での戴名式《たいみょうしき》以降。それまでは、王族のみな様や特別の許可のある者以外、誰もお目通りできません。混乱を避けるためにも、このことは口外してはなりません。分かりましたね」

暗に、今度のことはけっして話題にあげるなと含めて、恒琳は微笑む。にこやかではあるが凄《すご》みを含んだ恒琳に、女官たちは肌を粟立《あわだ》たせた。水を打ったように広場は静まり返り、唾《つば》を飲む音が聞こえてきそうなほどだった。ルベトは震える指を必死に握りしめて、奥歯を噛《か》みしめる。どくどくと、心臓が脈打つのを感じる。

（ニグレトは、静聖門の向こうにいるんだ……！）

あの白い巨門。その向こうに彼がいる。

――ああ！

ルベトは心の中で唸《うな》った。白面郎《はくめんろう》に抜擢《ばってき》されていたなら、月見祭に勝ち上がってニグレトと会えたかもしれないのに！

「たいせつなのは、黙々とおのれの仕事に打ちこむことです。では、みなさんおのおの職務に励んでくださいね」

恒琳はそう言って再び瞳《ひとみ》を巡らせ、念を押すように語気を強める。女官たちはすっかり動揺を鎮め、落ち着き払った顔で頭を下げた。ジャーン、ジャーンと銅鑼の音が鳴る。集会の終わりを告げる合図だ。

ぞろぞろと、女官たちが広場を出ていく。ルベトはしばらくその場に突っ立って、恒琳の言葉を何度も反芻《はんすう》していた。

「姜子、なに突っ立ってるのよ」

同僚の娘が、ルベトの袖《そで》を引く。ルベトは顔を上げ、「ねえ」と彼女に問いかけた。

「どうして、戴名式を終えるまでは瑞祥君にお目にかかれないのかしら」

ルベトの言葉を聞いた娘は、大慌てでルベトの口を塞《ふさ》いだ。突然のことに目を白黒させて、ルベトがもがく。が、数人がかりで押さえつけられて、なかなか振りほどけない。

「さっき恒琳様が仰《おっしゃ》ってたこと、もう忘れちゃったの⁉」

声を落として、娘が低く唸る。

「わたしたちは瑞祥君に関することを、何も見ていない。聞いていない。存在さえまだ知らない。恒琳様は、そういうことにしろって仰ったのよ」

ズイと迫られて、ルベトは思わず後ずさりした。

「いい？　ここじゃ、恒琳様の言うことがすべてなの。痛い目みたくなかったら、もう瑞祥君のことは絶対口にしちゃだめ」

上が忘れろというなら忘れ、言うなというなら口を噤《つぐ》み、聞くなというなら耳を塞ぐ。ここはそういう場所なのだと、娘の目がルベトに訴えている。ルベトが戸惑いと怯《おび》えを含んだ目でぎこちなくうなずくと、彼女はルベトから手を離した。

「さ、もう行きましょうよ。緑桂《りょくけい》様が姜子をお待ちかねだわ」

先ほどの凄みはどこへやら。にっこりと笑う娘に、ルベトはほんのわずかに恐ろしいものを感じた。それは娘へ対するものというより、奥宮というものへの漠然とした恐怖だった。

ふいに項《うなじ》に視線を感じて、ルベトは振り返った。広場の片隅に、恒琳が立っている。

うっすらと微笑みながら、女官たちを見送っているようだ。しかし、その瞳にあたたかなものは感じられなかった。まるで監視者のような冷徹さで、女官たちを見ているのだ。

（ここでは、何をしても必ず誰かに見られているんだわ……）

どことなく息苦しさを感じつつ、ルベトは職務を果たすべく緑桂のいる東麓殿《とうろくでん》へ向かった。

2

詠月《えいがつ》初日に終夏の小宴が行われ、三日が経《た》った。

ルベトは参加できなかったが、今年の終夏の小宴は稀《まれ》に見るすばらしさであったと、風の便りに聞いた。どの楽隊を月見祭に選ぶべきか、官吏の間で議論が白熱しているらしい。ルベトは同門を誇らしく思う一方、じれったい気持ちで複雑だった。

暦表《カレンダー》上では秋だが、まだまだ夏の名残《なごり》は強い。厳しさの残る午後の日差しの中、ルベトは先輩の侍女から言いつかった用事の帰り、東麓殿の門前でふと足を止めた。

見たことのない駕籠《かご》が止まっている。しっかりした引き戸。全体が黒漆で塗られ、とろりとした光沢を放っている。駕籠の側面には、柊《ひいらぎ》の花紋様。駕籠者が門前で膝《ひざ》をついて控え、駕籠の主人を待っているようだった。

駕籠の豪華さから察するに、主人はとても高貴な身分の者なのだろう。ルベトがそんなことを考えながら立っていると、駕籠者はちらりとルベトを見た。ルベトはその眼光の鋭さにぎくりとして、足早に彼らのそばを通り過ぎる。門を潜《くぐ》って建物の中に入ったところで、密《ひそ》かに駕籠者たちを振り返った。彼らは肩の盛り上がったたくましい体軀《たいく》を、官服で包みこんでいる。

「ああ、姜子。いいところに来てくれた!」

給仕室から、中年の女官が顔を出す。ルベトが「はい?」と答えると、女官は無言でこいこいと手招きをする。彼女のえらく神妙な顔つきを不思議に思いつつ、ルベトは給仕室をのぞきこんだ。給仕係の女官たちが、菓子を皿に載せ、湯気のたつ茶器を盆の上に用意している。

「どなたかお越しになっているんですか?」

女官が急須《きゅうす》の中に湯を注ぐと、湯気とともに金木犀《きんもくせい》の香りが芳醇《ほうじゅん》に漂った。花茶だ。香りが高いものほど高級とされ、女官たちがめったに口にできる品ではない。

「これを応接室まで持っていっておくれ」

そう言って、女官は茶器を載せた盆をルベトに押しつけた。白い陶磁の茶器や菓子は思いのほか重く、腕にずしりとくる。

「いい? 絶対こぼすんじゃないよ。頼んだからね!」

女官はきつく言いつけて、ルベトを給仕室から押し出す。はやく行けということだろう。ルベトは要領を得ないまま、言われたとおり応接室へと向かった。

何を焦ってたのかしら。

ルベトはそんなことを考えながら、盆を手に廊を歩いた。目的の部屋の前で立ち止まって、一言断りを入れる。が、扉の向こうから答えはない。いつまでもここで待っていては、せっかくのお茶がぬるくなってしまう。ルベトがそろりと扉を開くと、窓辺にひとりの男が立っていた。ずいぶん色白の男らしく、結わえた髪の黒さと項の色が対照的に際立っている。ルベトに気が付いていないのか、振り向きもしないで空を仰いでいた。

「失礼いたします」

ルベトがおそるおそる声をかけると、ようやく男は足を動かした。日差しを浴びて、白い面《おもて》が輝く。青みがかった黒髪が、わずかに揺れた。

(――あ)

ルベトの体が跳ねて、盆の上から茶器や菓子が滑り落ちた。赤い織物《おりもの》の絨毯《じゅうたん》の上に、暗褐色の染みが広がっていく。ころりと転がる茶器にも目をくれず、ルベトは窓辺の男をただただ見つめていた。

細い眉《まゆ》に、切れ長の瞳。血の気のない肌の白さに、人形のように整った顔。間違いない。南アワイで出会った、あの青年だ。彼もルベトにほんの少し感情を動かしたようで、怜悧《れいり》そうな目がかすかに見開かれている。

「そなた……」

「あ、あのっ！」

ルベトは舌をもつれさせてから、思わず押し黙った。あまりに突然のことすぎて、どんな反応をすればいいのか分からない。男も、言葉を持たないでいるのだろう。しばらく二人は無言で見つめ合った。

だめよ。落ち着いて、ちゃんとお礼を言わなくちゃ……！

ルベトは自分を落ち着かせながら、腹の底に力を籠《こ》めた。そうでないと、動揺で声が震えてしまう。

「あたしを、覚えていらっしゃいますか？」

青年は一呼吸おいて、「ああ」とうなずいた。

「そなたとは、南アワイで出会ったな」

落ち着きのある、よく通る声で青年はうなずいた。

ああ、やっぱり。ルベトの頰《ほお》にかあっと朱が走る。胸が喜びに高鳴るのが分かった。青年がルベトの元に歩み寄り、静かに腰を落とした。彼の指が、足元に転がっている茶器を拾い始める。

「ごめんなさ……、すみません！」

ルベトも慌ててしゃがみこむと、落としてしまった茶器や菓子を拾い始めた。茶碗《ちゃわん》を取ろうと伸ばした手が、青年の指とぶつかる。ルベトはとっさに手をひっこめて、何度も頭を下げた。

「次からは気を付けなさい」

そう短く咎《とが》めて、青年は拾った茶碗をルベトへ差し出す。恥ずかしさでうつむきながら、ルベトはそろそろとそれを受け取った。恩人の前で、こんな失態を犯してしまうなんて。

「尚《しょう》に来ていたのだな」

「はい。あのあと、頂いた印籠《いんろう》で芸試《げいし》を受けました」

「芸試?」

青年が首を傾《かし》げる。なぜ、芸試を受けて奥宮にいるのだと訝《いぶか》っているのだろう。ルベトは「はい」と小さくうなずいて、どう説明するべきかわずかの間考えた。

「芸人として延蓮《えんれん》様に師事していますが、いまは緑桂様の侍女をしています」

「そうか」

青年は優雅なしぐさでうなずく。

この人は、何者なんだろう。ルベトは、青年をじっと見つめた。南アワイで出会ったときとは違って、絹織物の豪華な服を着ている。黒地に金や赤の刺繍《ししゅう》がよく映え、その佇《たたず》まいは煌《きら》びやかというよりも落ち着きがあった。官服ではないから、官吏ではないようだ。貴族か、あるいは緑桂のような王族だろうか。その冷たい美貌《びぼう》には、どこか見覚えがある。

「私の顔に、何かついているか」

青年が、表情も変えずにルベトへ問う。ルベトは慌てて、「いえ」と首を振った。

「お兄さんと会えて、嬉《うれ》しくって。あたし、ずっとお礼を言いたかったんです」

ルベトはしどろもどろになりつつ、おのれを叱咤《しった》するようにぎゅっと指を組んで青年を見返す。

「お兄さんはあたしの踊りを褒めてくれました。あたし、それまで踊りと歌を他人《ひと》から褒められたことがなくて……とても嬉しかったんです」

ルベトは南アワイでのことを思い出しながら、ぽつりぽつりと話を進める。

彼はルベトの歌と踊りを褒めて、芸試の受験を勧めた。そして、延蓮や緑桂と出会って、ニグレトのいる奥宮に入ることができた。糸で布を織るがごとく、いろいろなことが絡みあっていまがあるのだ。

「お兄さんが印籠を渡してくれたから、あたし、ここにいられるんです」

ルベトは右手の指を二本立てて額に当て、次に心臓に当てた。その指を、今度は青年に向けて掲げる。これはテン族の最敬礼の一種で、最上級の感謝を伝えるときに用いる。青年はじっとルベトを見つめながら、口元をわずかに緩めて軽く微笑んだ。

「どうやら、私には瑞祥が二つあるようだ」

瑞祥？

ルベトがそう思ったとき、後ろで扉が開く音が聞こえた。

「兄上、お待たせしました！」

緑桂の声だ。ルベトが振り向くと、息を切らして緑桂が部屋に飛び込んできた。

（兄上？）

嬉しそうな顔で青年に駆け寄って、緑桂は彼の腹に抱き付く。

ルベトの聞き間違いではない。緑桂はいま、この人を兄と呼んだ。

「緑桂」

青年が諫《いさ》めるように名を呼ぶと、緑桂は彼の腹から顔を上げた。緑桂を見下ろす青年の目が、ルベトに移る。緑桂も、彼に倣《なら》ってルベトを見た。

「姜子、こんなところにいたのか」

緑桂が笑って言う。あ、と気が付いたように声を上げると、青年の腹から離れ、「この方は」と再び彼の顔を見上げた。

「尚国・第三十二代皇帝、丁玄柊《ていげんしゅう》。わたしの兄上だ」

――うそ……。

ルベトは目を皿のように見開いた。心臓が妙な音をたてる。胃が捩《ね》じれて下がるようないやな感じがした。

緑桂は嬉々《きき》としてルベトのことを尚王・玄柊に紹介している。玄柊も、緑桂の言葉に耳を傾けうなずいている。しかし、彼女がなんと言っているのか、ルベトの頭には入ってこなかった。

「姜子、どうした?」

ルベトの異変に気づいた緑桂が、案ずるように問う。玄柊も、ルベトに視線を移した。彼の青みを帯びた黒髪が、肩で揺れる。

ああ。この二人、どこか似ているわ。ルベトはそんな的外れなことを考えていた。それのほかに、何も受け止められない。

何か答えようと口を開いて、何も言えなかった。ルベトの頭の中が真っ白になって、過去のできごとがありありと蘇《よみがえ》る。記憶の渦に呑《の》まれるようなめまいの中で、ルベトは必死に両足を堪《こら》えた。

——肌を刺すような日差し。南アワイの町。二胡《にこ》を抱いた老女。噴き出た井戸。軒下で出会った、青白い顔の男。

記憶の破片は無茶苦茶にルベトの頭の中で飛び散って、走馬灯のように浮かんでは消えた。

――露に濡《ぬ》れたように美しい白銀の馬。手の中に握らされた三枚の銀両。手渡された、黒漆塗りの印籠。アレクとのぞきこんだ、空の馬小屋。

――尚。踏茨《とうし》の町。芸試の会場で、受付にいた若い役人の男。ルベトの持っていた印籠を見て、飛び上がった役人たち。

かちりと、何かがルベトの中で音をたてた。まるで鍵《かぎ》が鍵穴にぴったりと嵌《はま》るような、そんな音だった。

どうしていままで気が付かなかったのだろう。すべては、ひとつの答えに向かってこんなにも分かりやすく結びついていたというのに。

――美しい歌と舞だった。ありがとう、西の娘。

南アワイで出会ったあの人が、芸試を受ける機会を与えてくれた人が、尚の王だと。

「姜子、顔が真っ青だ。大丈夫か」

緑桂が慌ててルベトの手を取る。ルベトはなんの現実味もないまま、緑桂の声を聞いていた。不安げな緑桂の顔を見つめながら、なんとか平静を取り戻そうと努める。

まずは、冷静になること。

ルベトはそう自分に言い聞かせ、深く息を吐いた。外には、見張りの兵士たちがいる。それに東麓殿にはたくさんの女官が働いているのだ。騒ぎを起こしてはいけない。

(落ち着け、落ち着くのよ)

こんなとき、アレクならどうするだろう。きっと、うまく場を言い繕うに違いない。ルベトは脳裏に彼の姿を思い浮かべた。

すうと息を吸って、ルベトはその場に膝をつく。床に額をこすりつけ、腹の底から声を振り絞った。

「尚王様とは存じませず、失礼をいたしました。ご無礼をお許しくださいませ！」

「きょ、姜子？」

緑桂がルベトの肩に手を添えて、戸惑うように玄柊を振り返る。問うような、責めるような妹の視線に、玄柊は無表情のまま静かに首を振った。

「顔を上げなさい。そなたがそのように詫《わ》びる必要はない。そなたは、私が誰だか知らなかったのだから」

ルベトの動揺をそう解釈して、玄柊はルベトに立ち上がるよう促す。しかしルベトは顔を伏せたまま、拳《こぶし》を握りしめた。王に顔を上げろと言われれば、上げねばならない。しかし、はたして顔を歪《ゆが》めることなくいられるだろうか。

「尚王様に無礼を働きました。この罰は謹んでお受けします」

きっといまの自分は、奇妙な表情をしているに違いない。奥歯を食いしばりながら、ルベトは顔を伏せ続けた。

「姜子、大丈夫。兄上は怒っていない」

緑桂はそう言って必死にルベトをなだめようとしている。だが、ルベトの動揺はそこにあるのではない。緑桂はルベトのただならぬ様子に、心底心配そうな表情を浮かべた。

「兄上、姜子を下がらせて良いですか？」

緑桂の願いを聞き入れて、玄柊はルベトに下がるよう指示を出す。ルベトは内心、安堵《あんど》の息を吐いた。身を良かった。この場から、下がることができる。ルベトは内心、安堵の息を吐いた。身を起こしたルベトの顔色を見て、緑桂は不安げに眉根《まゆね》を寄せる。

「ひどい顔色だ。もう今日は部屋に戻って良い。明日も休め」

彼女の小さな手が、縋《すが》るようにルベトの袖を握りしめる。ルベトはそんな緑桂にわずかな罪悪感を覚えつつ、頭を下げた。

――あの人が、尚の王だなんて。

ルベトは官舎の自室に戻ると、寝台の上に倒れこんだ。額の上に手をのせて、ぼんやりと白い天井を眺める。

彼がニグレトを攫《さら》い、村に軍を差し向けた張本人。冷酷非道な尚王。あたしはいままで、その尚王に感謝していたの？

だとしたら、なんと滑稽《こっけい》なことなのだ。

（――でも、本当に？　本当に、あの人がテン族を襲えと命令したの？）

信じられない。信じたくない自分がいる。ルベトは頭から布団《ふとん》を被り、身を丸めて膝を抱えた。いままでルベトの中にあった非道な尚王の姿と、玄柊の姿はあまりにもかけ離れすぎている。

「ニグレト……」

どうかあの夜みたいに、あたしのことを迎えに来て。手を繋《つな》いで、あたしを安心させて。夢でも幻でもないあなたに、会いたいの。

ルベトは縋るようにニグレトの名をつぶやいて、ぎゅっと目を閉じた。

3

「あのできごとは、いったい何だったんだろう……」

ぽつりとつぶやいて、ニグレトは窓の外を眺めた。視界には、目に痛いほどの青天。足元には、黒曜石に金で花模様を描いた床。天井からは花形の吊《つ》り灯籠《どうろう》が垂れ、壁際には金の燭台《しょくだい》が据えられている。どんなに美しく、貴重なものに囲まれていても、ニグレトの心はむなしかった。彼はひとり椅子《いす》に腰を下ろし、掌《てのひら》の中で輝いている横笛を撫《な》でる。

（あの日、僕は夢か幻を見ていたのだろうか……）

奇跡と呼ばれる現象が起こったあの日、ニグレトはルベトの歌声を聴いた。そしてぼんやりとした記憶の中、遠く離れた白虎ケ原《びゃっこがはら》にいるルベトに出会った。しかし、そんなことがありうるだろうか。あれはやはり、幻だったのか。ニグレトはどう受け止めて良いのか分からずにいた。

(もしかしたら、彼女は王宮にいる?)

一瞬、そんな考えが脳裏をよぎる。いや、まさかそんなはずはない。自分のありえない考えを打ち消すかのように、ニグレトは首を振った。

「瑞祥君様、のんびり考え事ですか」

頭の上から、男の声が降る。ニグレトが見上げると、西の香りを纏《まと》った男の姿がそこにあった。

この男《ひと》、いつ部屋に入ってきたんだ。

ニグレトはとっさに立ち上がり、男のそばから飛《と》び退《の》いた。そんなニグレトがおかしかったのか、男はあははと笑いながら肩をすくめる。深い彫りに甘い顔だちの男。

「馬董《ばとう》と申します。どうぞお見知り置きください」

「僕に構わないでください」

ニグレトは馬董から目を背ける。馬董はありゃりゃと口を窄《すぼ》め、額をぽりぽりと搔《か》いた。

「俺、瑞祥君様に嫌われちゃってる?」

当たり前だ。尚はテン族の村を襲い、ニグレトから最もたいせつなものを引きはがした。そんな尚の者を好きになれるはずがない。ニグレトは目を伏せた。

「僕はニグレトです。瑞祥君という名ではありません」

銀色の横笛を握りしめて、ニグレトが声を震わせる。長く伸びた髪が、さらりと肩を滑った。

「ここでの生活はお嫌ですか？」

「好きで来たわけじゃない」

ニグレトの言葉に、馬董は「ううん」と首を傾げた。まるで理解できない、とでもいうような顔で、自らの顎《あご》を撫でさする。

「俺は羨《うらや》ましいですけどねぇ。殿《との》からも白蓉様《びゃくよう》からも好かれて」

そう言いながら、馬董は持参してきたらしい足桶《あしおけ》を床に置いた。机の上の鉄瓶を傾け、足桶に湯を張る。もうもうと、湯気が上がった。

「それでは、失礼」

馬董は軽く断ってニグレトの肩を押し、再び椅子に座らせる。それから、なんの遠慮もなくニグレトの足を摑《つか》んだ。「何を」と驚きの声を上げて、ニグレトが抵抗する。が、あっという間に靴を脱がされてしまった。

「何って尚式の参拝ですよ。月見祭で行う戴名式を終えれば、次の日には尚の重臣たちから挨拶《あいさつ》を受けることになります。その予行演習です」

馬董は革手袋を外して、懐から小瓶と包みを取り出した。小瓶のふたを開け、桶に数滴たらす。ほのかに、花のにおいが香った。香油だ。馬董はそこに、包みから取り出した花弁をぱらぱらと浮かべる。ニグレトの眩《まばゆ》く白い足首を、馬董の手がゆっくりと湯の中に浸《つ》けた。ちゃぷちゃぷと湯が揺れる音。男のかたい指先が、ニグレトの足の甲を撫でている。

「まず、世話役の女官がこうやってひざまずいて足を洗います。で、あなたの足の甲に額を押しつける。これが準備。次に臣下たちの番ですが、その者たちは、あなたの足の甲に額を押しつけて名を名乗ります。あなたはただ黙って、椅子に座しておられるだけでいい」

簡単でしょ、と、馬董は何でもなさそうな顔で言った。

ばかな。ニグレトはめまいがした。そんな見世物同然の扱いを受けろというのか。想像するだけで、ふつふつと怒りがこみ上げる。

「やめてくれ。そんな真似《まね》されたくないんだ」

「そう怒らずに。あなたは、尚でそれくらい尊ばれてるってことなんですから」

馬董はニグレトの足を洗っている手を止めて、顔を上げた。

「そうそう。ひとつ、大事なことを言っておきます」

「……何ですか」

「正直なところ、俺はあなたが本当に瑞祥君だとは思ってもいないし、あなたに対してなんの興味もない」

　突然この男は何を言い出すのだろう。ニグレトは、馬董を睨《にら》み付《つ》けた。

「俺はこの国に愛着もなければ、忠誠心もない。あなたはただ瑞祥君に祀《まつ》り上げられた憐《あわ》れな人で、尚は魑魅魍魎《ちみもうりょう》どものはびこる国家だ。おそらく、あなたが起こしたという先の奇跡にだって何か仕掛けがあるのでしょう」

「そう思うなら、なぜ……」

「あなたの村を襲えと命令したのは、殿じゃない」

　ニグレトは椅子に腰かけたまま、おのれの足元にかしずく男を凝視した。ニグレトの湯に濡れた肌が、玉のように艶《なま》めかしく輝く。

「どうして、それを……」

「そりゃあ、俺だっていちおう調べてるんで。あなたが黄龍鼎《ここ》の者たちにとって瑞祥君であるかぎり、争いは必ず起こるんです」

　明るく朗らかな口調とは裏腹に、馬董の目は笑っていなかった。

「俺はあの人が幸せならほかはどうだっていい。誰が誰と諍《いさか》いを起こそうが知ったこっちゃないんだ。——でも、殿に火の粉が降りかかるっていうなら話は別」

　馬董の大きな目が、爛々《らんらん》と輝く。彼の目の光に、ぞわりとしたものがニグレトの背筋を駆け上った。その怖気《おぞけ》は、清恭《せいきょう》に感じたものと似ている。

「戴名式を終え、瑞祥君として名を与えられたあなたは、もう一生王宮から出られない」

馬董の言葉に、ニグレトの心が激しく揺れた。

これから一生、この王宮の中で過ごさなければならないだなんて、そんなこと耐えられるはずがない。伸びた爪《つめ》を切るときは世話役の女たちが丁寧に整え、食事や着替え、沐浴《もくよく》には付き人がいる。それがこの先何十年と続くなんて、気が狂いそうになる。

「それが嫌なら、俺に協力してくれません？　瑞祥君様」

「あなたはいったい、何をするつもりなんだ……」

「それは秘密です」

しい、と口に指を当てて、馬董は悪戯《いたずら》っぽく笑った。巡礼者のように恭しくニグレトの足の甲に額を押し当てると、立ち上がってフンフンと鼻歌を口ずさむ。ニグレトの耳に聞き覚えのある旋律。ルベトが好きな、テン族の曲だ。

（まさか……）

ニグレトは足桶をひっくり返す勢いで椅子から立ち上がると、馬董の肩を掴んだ。きょとんとする馬董に構わず、ぐっと額を近付ける。

「どうしたんですか?」

「その歌を、どこで?」

ニグレトが馬董の襟《えり》を握りしめる。黄金の瞳が、不穏なほどきらめいた。馬董は記憶の糸を手繰《たぐ》るように、「ええと」と視線を彷徨《さまよ》わせた。

「教えてもらったんですよ。西で生まれたっていう娘に。名前は聞かなかったけど、赤茶色の髪をした別嬪《べっぴん》だったな」

――ルベトだ。

ニグレトは確信した。彼女が尚にいる。ニグレトは唇を強く結んだ。

（ルベトが、すぐそばにいる……！）

ニグレトの冷え切った心臓に、熱い血が流れこむ。頬が赤らむのを感じる。胸が高鳴り始めた。死んでいたように凪《な》いだ心が、ざわめきだす。

「……ルベト」

きみはこの王宮にいるのか。僕を追ってきてくれたのか。ニグレトは切なさを堪えるように、胸に手を押し当てた。そんなニグレトの姿に、馬董は「へえ」と首を傾げる。

「なんだかよく分からないけど、俺ってば、当たりをひいちゃったのかなぁ」

あの娘、調べてみる価値はありそうだ。馬董はそんなことを考えて、おのれの顎をひと撫でした。

4

扉の外で、音がする。

いつの間にか眠ってしまっていたようだ。ルベトが寝台から身を起こすと、何かが扉の下に差しこまれるのが見えた。なんだろう。不思議に思いつつ、寝台を降りる。しゃがんで手に取ってみると、封をした文だった。

「手紙?」

ルベトは扉を開けて、周囲に人がいないかのぞきこんだ。しかし、人の姿はひとつも見えない。

(誰からだろう)

手紙の差出人を確認する。一通は孫怜《そんれい》からで、もう一通には名前は記されていない。ふわりと、麝香《じゃこう》の香りがする。封を開けてみると、手紙が一枚入っていた。

三日後、正午に雨花閣《うかかく》の緋香園《ひこうえん》で。

簡潔に書かれた手紙の末に、アレクと名前が記されている。

「アレク！」

ルベトは小さく飛び上がった。

この文はアレクからのものだ。しかし、いったい誰があたしの部屋に持ってきたのだろう。奥宮へ出す文には、必ず検閲が入るはず。しかし、封が切られていなかったから、ほかの誰かに調べられた様子もない。

どういう手段であるにせよ、アレクから文が届くのは嬉しい。場所が指定されているということは、彼は奥宮まで来るのだろうか。もしかしたら、彼も奥宮で勤めているのかもしれない。そう思うと、ルベトの心は色めき立った。

文では書けないことが、じかに話したいことがたくさんある。奥宮に入ってしばらく経つが、アレクは元気だろうか。ルベトはいてもたってもいられずに、文を抱いて顔を綻《ほころ》ばせた。

ルベトは次に、孫怜からの手紙を手に取った。こちらは封が切られ、朱印が捺《お》されている。検閲が入ったしるしだ。「姜子」と封筒に書かれた文字は大きく、止め跳ねがはっきりしていて、いかにも彼女らしい。手紙によると、孫怜たちは詠月の初日に行われた終《しゅう》夏《か》の小宴《しょうえん》を勝ち抜いて、月見祭の楽隊に選ばれたらしい。

『正直、ほかの楽隊の踊り手たちには失望させられたわ。まだ姜子の白面郎のほうがマシだと思うくらい。ま、このわたしと張りあえる踊り手なんて、この王宮にはいないでしょうけど』

文から孫怜の小生意気な顔が浮かんできて、ルベトは思わず苦笑した。ふた月ほど前のことなのに、孫怜と白面郎を巡って競った日のことが懐かしい。

ルベトはそっと、部屋の窓を押し開いた。薄紫色の空には、はやくも星が浮かんでいる。昼が短くなったのだ。季節はたしかに移ろっている。ルベトは寝台のそばに置いていた二胡を構えた。奥宮に入るとき、着物とともに恒琳から贈られたもののひとつだ。鬱々《うつうつ》とした気持ちを振り払うため、弓を弦に滑らせる。そして、月香歌《げっこうのうた》を奏で、歌った。

5

赤い花が咲き乱れる、硝子《ガラス》天井の温室。艶《つや》を帯び、むせ返るように濃い緑の草木。ルベトは光の溢れる花園を歩きながら、待ち人の姿を捜した。

「おい」

聞き覚えのある声に呼ばれて、振り向いた。緩やかに波打った髪をかき上げる、美しい女が蘇鉄《そてつ》の木の陰に立っている。日に焼けた肌に映える鮮やかな緑眼が、妖《あや》しく蠱惑《こわく》的だった。

「アレク!」

喜色満面に、ルベトがアレクの元に駆け寄る。二人で蘇鉄の葉の陰に入り、視線を交わして微笑みあった。

「会えてとても嬉しいわ。あなたどうやって奥宮に来たの？」

ルベトの質問に、アレクは腕を組んで勝ち気な笑みを浮かべる。どう思う、と問い返す彼に、ルベトは小さく唸った。

「誰かの侍女になったの？」

「いや、違う」

即答して、アレクはひらひらと袖を振って見せた。

「この官服、青いだろ？　春官の使い走りになったのさ。奥宮で月見祭があるだろ。それを主催する役人どもの端役ってわけだ」

「月見祭の……？」

「ああ。麗月《れいがつ》の十一日に催される祭りの日まで、これからちょくちょく奥宮に来ることになるだろうな」

「ほんと⁉」

ルベトが手を合わせて瞳を輝かせると、アレクは豹《ひょう》のような目を細めて「ああ」とうなずいた。

「これからは会って話すことができるのね」

たとえときどきでも、アレクに会えるのは嬉しい。ルベトは胸の中で何かがきらめいたような気がして、口元を明るく綻ばせた。

「──で、何かあったのか」

「え？」

「冴《さ》えない顔して歩いてただろ」

アレクの言葉に、ルベトは思わず顔を押さえた。傍目《はため》に見て分かるほど、そんなに暗い顔をしていただろうか。戸惑うルベトの頭をくしゃりとひと撫でして、言ってみろとアレクが促す。

「あたし、尚王に会ったの」

ぴくりとアレクの目元が強張《こわば》る。ルベトは彼のささやかな変化に気づくことなく、そろそろと話を進めた。

「信じられないけど、いい人だったの。すごく」

ルベトは拳を固めた。自分がどんなばかげたことを言っているのか、百も承知だ。けれど、やはり尚王は、いや、玄柊は善良な人間だと思う。ルベトは南アワイでのできごとからいままでのことを頭の中に並べ、そう結論付ける。

「……いい人？　いい人だと？」

アレクが低く唸った。ルベトがハッとして顔を上げると、怒りを堪えるように唇を結ぶアレクの姿がそこにあった。眦《まなじり》は吊《つ》り上《あ》がり、眉間《みけん》には深々としわが刻まれ、瞳は燃え揺らいでいた。

「俺の国を滅ぼした男が、いい人だっていうのか？」

「アレク、違うの」

「何が違うんだよ」

ぎりと奥歯を噛んで、アレクがルベトに詰め寄る。思わず後ずさるルベトの肩を摑んで、蘇鉄の木に押しつけた。後頭部を打って、思わず顔を顰《しか》める。

「落ち着いて、話を聞いて」

刺激しないように細心の注意を払いつつ、ルベトはアレクをなだめる。そっと彼の胸に掌を添え、ゆっくり体を押し返そうとした。が、アレクはぴくりとも動かない。ルベトはわずかな恐怖を感じつつ、視線だけで彼を見上げた。逆光で影になったアレクの顔が、間近に迫っている。アレクは真剣な面持ちで、ルベトを見つめていた。こんなことが、前にも一度あった気がする。そうだ。あれは朱衣《あけぎぬ》の厩《うまや》だった。ルベトがそんなことを考えていると、ふいにアレクの指がルベトの顎にかかった。親指の腹が唇を撫でる。

（あ……）

彼の影が迫ってくる。ルベトが目を見開いたとき、アレクの髪がルベトの額にかかった。

「ちょっと、やめて！」

とっさにルベトが手を振り上げる。パンと音が鳴った。手の甲が痛い。

「……！」

ルベトは、信じられないという顔でアレクを見た。彼は唇の端に滲《にじ》んだ血を無言で拭《ぬぐ》っている。ルベトの爪が当たってしまったようだ。ルベトは思わず怯《ひる》んだが、だからといって案ずる気にはなれなかった。

「悪い。どうかしてた」

アレクは目を合わそうともしないで、つぶやくように言った。眉を顰《ひそ》めて目を伏せている横顔は、ひどく傷ついているようにも、怒っているようにも見える。いや、自分のしようとしたことに戸惑っているのかもしれない。

ルベトもアレクを直視できなくて、視線を落とした。

「あの、あたし……」

ルベトはその先を続けられずに黙りこむ。硝子越しに降り注ぐ日差しは、静かに温室の花を照らしている。かぐわしい香りとともに、重たい沈黙が漂った。

アレクが無言のまま、踵《きびす》を返す。ルベトはアレクの背中を追おうとして、足を止めた。

「二度としない」

アレクは振り返りもしないで、ルベトにそう告げる。波打つ濃褐色の髪が、陽光に柔らかく輝いた。しかし彼の声はひどく硬く強張っていて、その背中からは拒絶めいたものを感じる。

ルベトは、アレクの指の感触が残る唇を手で覆った。指が震えている。止めようとしても、止まらない。ルベトは呆然《ぼうぜん》としたまま、彼の背中を見送った。

六章　月見祭《げっけんさい》

1

　ルベトが奥宮に入って、およそ三ヵ月が経《た》とうとしている。季節は晩秋を迎え、奥宮の庭園はいたるところに木の葉を散らした。

「姜子《きょうし》、今日は絵巻物を読もう。お気に入りを教えてやる」

　ルベトに纏《まと》わりつきながら、緑桂《りょくけい》がじゃれるように笑う。ルベトは視線を緑桂に移すと、「いいわよ」とうなずいた。

「緑桂、部屋まで競走しましょ！」

　ルベトは緑桂に悪戯《いたずら》っぽく笑って、廊を走り出す。緑桂は一瞬目を見開いたが、すぐに笑ってルベトのあとを追い出した。きゃあきゃあと楽しげな少女の声が、晴れた空に上がる。

向かいの建物に、青い官服を着た女たちが何やら祭具のようなものを運んでいるのが見えた。ルベトは、渡殿《わたどの》の途中で立ち止まる。胸がざわめく。もうすぐ、月見祭の日が来るのだ。

あの日以来、アレクとは会っていない。一度だけ「会いたい」と告げる手紙が来たが、ルベトは応えられなかった。どんな顔で会っていいのか、分からなかった。何もなかったように振る舞えないと思った。日を置けば置くほど気まずさで動けなくなって、重苦しさだけが募る。

「つかまえた！」

突然後ろから抱き付かれて、ルベトはつんのめった。視線を落とせば、得意げな顔の緑桂が腹のあたりに抱き付いている。

「何を見ていたのだ？」

幼い姫君は、興味津々に爪先立《つまさきだ》ちになって欄干《らんかん》から顔をのぞかせる。ルベトは、女官の行列を指さして「あれ」と答えた。

「ああ、月見祭の準備だな」

緑桂は興味がなさそうに言うと、軽く唸《うな》って頰《ほお》を膨らませた。

「月見祭はおもしろくないからきらいだ。今年は特別に潔斎のため陰殿《かげでん》に籠《こ》もるから、お肉も食べられなくなるし」

「あたしは、月見祭に行きたいわ」

ルベトは女官たちの姿を睨《にら》むように眼差《まなざ》しを強めて、拳《こぶし》を握りしめた。

「月見祭に？　どうして？　いろんな人の祝辞を聞いて、つまらない踊りを見るだけだぞ」

——だって、月見祭にはニグレトが……。

ルベトはそう言いかけて、口を噤《つぐ》む。

「今度のお祭りは特別ってどういうこと？」

ルベトはとっさに話を逸《そ》らした。緑桂は「うーん」と顎《あご》に指を当てて、言うべきかどうか迷ったのち、ルベトに腰を落とすよう手招きをした。

「今年はとってもおめでたいことがあるのだそうだ。姜子には特別に教えるが……誰にも言ってはならないよ」

そうでないと、恒琳《こうりん》に奥宮を出されてしまう。緑桂はそう言って誰もいないかあたりを確認し、口元に手を当ててルベトに耳打ちする。

「お祭りの前に、戴名式《たいみょうしき》がある。——清御殿《せいごでん》にいるずいしょうくんに名前を与える儀式だ。月見祭でずいしょうくんの初披露目を行うと兄上が言っていた」

その一言に、ルベトは目を見張った。ニグレトが静聖門《じょうせいもん》の向こうにいることは知ってはいたが、その正確な位置までは知らされていない。

（清御殿？　そこに彼はいるの⁉）

「ね、ねえ、緑桂。その清御殿って何？　どこにあるの？」

「清御殿は静聖門のいちばん奥。禰宜《ねぎ》たちはうるさいし、行ってもおもしろいものはない」

ルベトの目頭がツンと熱くなる。もどかしくて、胸が締まる思いがした。

——会いたい。ニグレトに会いたい。

「……姜子、一緒に来るか？」

「え……？」

緑桂の言葉に、ルベトは顔を上げた。

「月見祭はつまらないが……姜子が見たいのなら、恒琳に出席すると伝えよう」

緑桂はルベトの着物の袖《そで》を握りしめながら、恥ずかしそうに視線を遊ばせる。ルベトは信じがたい気持ちで、彼女の言葉を聞いていた。

行きたくないはずがない。ルベトは真剣な眼差しで、縋《すが》るように緑桂の手を取る。緑桂の小さな手は、ルベトにはまるで天から差し伸べられた救いのように感じられた。

「行きたい。あたしも月見祭に連れていって！」

「分かった。姜子も一緒に出られるよう、恒琳に頼んでおこう」

だから、これからもずっとそばにいるのだぞ？

緑桂は上目遣いでルベトを見つめて、愛らしく微笑《ほほえ》んだ。

＊

『奇跡』と呼ばれるあのできごと以降、清御殿の警備が前よりも厳重になった。

ニグレトは窓辺に立って、清御殿という閉ざされた世界の景色を眺める。

神職者たちはニグレトに対する畏怖《いふ》の色をさらに強め、階級の低い者たちは、

「尊い御身を直視するなど、畏《おそ》れ多《おお》いことでございます」

と言って膝《ひざ》を折り、床に額をこすりつけて話をする。その都度、言い知れない不快感が蓄積していく。

ニグレトは、自分が何者であるのかを知らない。テン族に拾われる以前の記憶はなく、両親の顔さえ分からない。ニグレトという名前も、テン族の長でありルベトの父であるクォイスが付けたものだ。だが、ニグレトは幸せだった。自分が何者であるのかを考えなくても満ち足りるほど、テン族での暮らしは幸福だった。尚《しょう》の者たちに『瑞祥君《ずいしょうくん》』と呼ばれるたび、『ニグレト』が削り取られていく気がする。ニグレトは欄干をきつく握りしめた。

月見祭の日が、恐ろしい。尚での名前を与えられたら、『僕という存在《ニグレト》』が消えてしま

いそうだ。

ニグレトは帯に携えた横笛を取り出して、胸に抱いた。白虎《びゃっこ》ヶ原《がはら》では、この笛でルベトのために音曲を奏でていた。これがあるかぎり、僕は僕だ。

「ルベト……」

瞼《まぶた》の裏に、ルベトの笑顔を思い描いた。

「失礼いたします」

ゆったりとした響きの、しゃがれた声がした。

視線をやれば、全身を白衣で包んだ老人が恭しく頭を下げ、両手を組んで前に突き出している。蘇《そ》宮司だ。彼の後方には、世話役の女官たちが数人、長持《ながもち》を持って控えていた。

「月見祭のお召し物をお持ちしました。時間がかかってしまいましたが、職人たちが丹精込めた逸品です。よろしければ一度、袖をお通しくださいませ」

蘇宮司の言葉を合図にして、女官たちが長持を部屋の中に運びこんだ。ふたを開け、中から絹の衣を取り出して広げる。ニグレトはそれを重い気持ちで眺めた。

「お手伝いいたしますか?」

女官のひとりが、ニグレトの前に進み出る。ニグレトはいつも着替えの手伝いを断っているから、その心配りだろう。ニグレトが首を横に振ると、「お着替えになられたら、お呼びくださいませ」と言いおいて、女官たちは蘇宮司とともに部屋を出た。

ニグレトは、衣桁《いこう》に掛けられた着物の前に立った。小さく嘆息して、服の帯を解く。上着を脱いで、運びこまれたばかりの衣装に袖を通した。光を弾く純白の絹地。黒ぶちの襟や袖には金糸や銀糸で刺繡《ししゅう》が施されている。帯を締め、その上に薄く透けた黒い衣を羽織り、襟元を整える。投げ遣《なや》りだが、こんなものでいいだろう。「終わりました」と声をかけると、女官たちが部屋の中に戻ってきた。彼女らは黙ってニグレトを取り巻くと、肩や袖、裾《すそ》の丈を確認する。

「お髪《ぐし》を整えても、よろしいでしょうか」

櫛《くし》を手に持った女官が、尋ねる。ニグレトが黙ってうなずくと、彼女はニグレトの髪を丁寧に梳《と》かし始めた。蘇宮司はじつに満足げに、ニグレトの姿を眺めている。

「ずいぶん趣向を凝らして誂《あつら》えさせたのだな」

「おお、わが君……！」

宮司が語尾を震わせて声を上げる。女官たちは宮司の声を聞くなり、速やかに後ろへ下がってひざまずいた。ニグレトが扉のほうに視線を投げると、尚王・玄柊《げんしゅう》と馬董《ばとう》がいた。生真面目《きまじめ》な顔をした玄柊の後ろで、馬董が密《ひそ》かにニグレトに目配せを送る。ニグレトはわずかに眉宇《びう》を曇らせて、馬董から目を逸らした。

玄柊が無言のまま前に進み出て、ニグレトの顔に手を伸ばす。目元から顎にかけてを手の甲で撫《な》で、「痩《や》せたな」と言って眉《まゆ》を顰《ひそ》めた。

玄柊は、表情を戻して宮司を振り返る。

「瑞祥君と話すことがある。蘇宮司、良いな？」

席を外せと言われて、蘇宮司は恭しく礼をした。後ろに控えた女官たちを率いて、部屋を出る。自分は例外だとばかりに壁にもたれかかって寛《くつろ》ぐ馬董に、玄柊は「馬董」とやや大きな声で呼びかけた。

「おまえもだ」

玄柊が退出を命じると、馬董は肩をすくめた。しぶしぶ女官たちに続いて部屋を出る間際、馬董は片頬に微笑みを浮かべた。唇に人差し指を押し当て、片目を瞑《つぶ》る。馬董のしぐさに、玄柊は首を捻《ひね》った。しかし、ニグレトには分かる。玄柊には、前回のことを何も話すなという合図だ。

「話とは？」

ニグレトが短く尋ねると、玄柊は視線をニグレトに戻した。

「そなたに礼が言いたい」

「礼？」

怪訝《けげん》に問うニグレトへ、玄柊は目を閉じて静かにうなずいた。

「辰国《しんこく》、漣国《れんこく》、南壮国《なんそうこく》……。いままで国交の途絶えていた国から、戴名式に参列すると使者が来た」

玄柊は目を開けると、ニグレトの前へと歩みを進める。

「わが父は、『より国を広くし、よく治めよ』と口癖のように言っていた。尚は大きく豊かだが、その歴史は他国との戦乱に彩られている。その痕跡《こんせき》は、いまだ生々しく各国にわだかまりを残し続けている。——だが、そなたが私の元に来たことで、新たな兆しが見え始めた」

兆し？

玄柊の言葉を測りかねて、ニグレトは眉を顰めた。そんなニグレトに、玄柊は微笑して見せる。その瞳《ひとみ》には、哀愁とも憐《あわ》れみともつかない色が浮かんでいた。

＊

数日後の夕方、ルベトの部屋の扉を叩《たた》いたのは恒琳の使いの女官だった。

彼女が持ってきたものは大きな長持で、中には緑色と銀色を基調にした豪奢《ごうしゃ》な着物が一式揃《そろ》えられている。

どうやら、緑桂のおねだりは恒琳に聞き入れられたらしい。黄龍鼎《きりゅうてい》や近隣諸国の王を招く公の場であるため、侍女としてではなく雑役として、ルベトは月見祭への同行を許された。雑役とはいえ、着飾る必要があるらしい。月見祭は相当に格式高い祭りなのだろう。

　女官は、別個にしてある桐《きり》の箱から黒漆塗りの印籠《いんろう》を取り出した。

「けっして失《な》くすことのないように」

「……これは？」

「緑桂様の御印です。表に銀木犀《ぎんもくせい》が描かれているでしょう？　桂は木犀のことですから、緑桂様の御印は銀木犀なのです」

　ルベトは両手で印籠を受け取る。女官の言葉どおり、印籠の表面には銀木犀が描かれていた。飾り紐《ひも》は緑。印籠のふたを開けてみると、内側は白銀色に塗られている。

　南アワイでもらった印籠と似ている。ルベトは、南アワイの町で起こった玄柊とのことを思い出した。ついでアレクのことが頭に浮かんで、小さく首を振る。やめよう。いまは、あの二人のことは忘れよう。月見祭で、ニグレトに会えるかもしれないのだ。そのことだけを考えよう。

「月見祭では、どこに行くにもその印を求められますから、肌身離さぬよう」

「はい」

　これはニグレトに繋《つな》がるたいせつなもの。絶対、手放したりしない。ルベトは印籠を胸に押し当てた。

「月見祭当日は、日昳《にってつ》の終刻に私がお迎えにあがります」

本来なら雑役の者は朝から静聖門の中に入るが、ルベトは特別の措置で月見祭の参加を許されたので、入場時刻もほかの雑役たちとは異なるという。戴名式は日が沈む日入《にちにゅう》の正刻に行われ、その後月見祭が始まる。月見祭の終わりは、日付が変わる直前である人定《にんじょう》の終刻。詳しくは後日、講堂で説明がある。

女官は月見祭のことをひと通り伝え終えると、ルベトの部屋を立ち去っていく。彼女を見送ったあと、ルベトは部屋の窓を開けた。日暮れの風の、冷たく清らかなにおいが鼻腔《びこう》を満たす。蛍火のような灯《あか》りが、ぽつぽつと夕闇《ゆうやみ》を彩っている。ルベトは聳《そび》え立《た》つ静聖門の向こうに想《おも》いを馳《は》せた。あの向こうに清御殿がある。

——月見祭の日、清御殿に忍びこもう。

緑桂の印の入った印籠を持っていれば月見祭に参加でき、しかも雑役として自由に動けるのだ。この機会を逃す手はない。

(でも、そんなこと本当にできるかしら)

一抹の不安を覚えながらも、ルベトは胸の翡翠《ひすい》の首飾りを握りしめた。

2

やがて、月見祭の日が来た。

昼下がり、ルベトは恒琳のよこした女官に連れられて、静聖門の前に立っていた。門は大きく口を開けており、その先は異界のようだ。

「さ、行きましょうか」

促す女官にルベトはうなずいて、おそるおそる彼女の背に従った。

じゃりじゃりと玉砂利を踏む音。大路に沿って桐や、松の木が植えられている。しばらく進むと、遠くに巨大な二本の柱に笠木《かさぎ》を渡した門が見えた。ルベトが見たことのない形状の門だ。貫《ぬき》の下には縄飾りが施され、風に揺れている。静まり返った境内は、なんだか言いようのない不気味さを感じさせる。まるで、ルベトが足を踏み入れることを拒んでいるような。

「あまり人の姿が見えませんね」

「もうおおかた準備は整いましたからね。あとは王家の方々と九族、諸王の方々の入場を待つだけです」

「そうなんですか……」

「ここから神域に入ります」

そう言って、女官は笠木に縄を飾り付けた門を潜《くぐ》った。近くに、兵士とは少し趣の異なった武具を身に纏った者たちが、見張りについている。

「あの方たちは？」

ルベトの問いに、女官は「ああ」と気が付いたように声を上げる。

「神域を守る衛士たちです。神域には兵士を置かず、衛士を置くきまりですので」

違いのよく分からないままルベトがうなずくと、女官はそれを良しとして言葉を切った。

導かれるまま進んでいくと、やがて白幕に取り囲まれた大きな広場が見えた。中央には、立派な祭殿が設けられている。朱色の柱に、葦《あし》をふいた屋根。祭壇の前方には、豪華な石造りの食卓がいくつも用意されている。それぞれの食卓に、背もたれのある革張りの椅子《いす》。招待客のためのものだろう。祭壇の後方には、物見のためらしき殿が見える。

「客席から向かって正面に王、右が白蓉《びゃくよう》様、左が緑桂様のお席です」

王家の者は、物見のための殿から祭りを眺め、中央の祭殿で楽隊が楽を披露し、料理は順次女官たちが運ぶ。ルベトは殿のそばで待機することになるだろうと女官は言った。

ルベトは女官に目を向けて、「あのう」とおそるおそる声をかける。

「尚王様はいま、どこにいらっしゃるんですか」

「王の御入場は、祭りが始まるときです。今年は少し趣を変えるそうで」

「そう……ですか」

ニグレトもあとからの入場ということだろうか。ルベトは賓客たちの宴席を見た。

「姜子！」

高らかに呼ぶ声がして、何かが背中に飛びついてくる。思わずルベトがよろめくと、女官が慌てて支えに入った。ルベトが体勢を立て直すと、緑桂が笑っている顔が目に入った。

「緑桂⁉」

「恒琳があんまりうるさいから、逃げてきた」

緑桂は「見よ」と言って、片袖を揺らす。ルベトと同じ緑色と銀色を基調にした着物ではあるが、霜が降りたようにきらめいていて、ルベトのものより何倍も美しい。

「わたしと姜子、揃いで用意させたのだ。気に入ったか？」

「ええ。とっても」

ルベトが苦笑まじりにうなずくと、緑桂は心底嬉《うれ》しそうに破顔した。

「緑桂様……！」

女官は動揺しつつ、緑桂にかしずく。緑桂は女官に気づくと悪戯っぽく舌を出して、ルベトの背に回った。

「緑桂様。立派な姫君がそんなに走り回ってはいけませんよ」

あとを追ってきたらしい恒琳が、緑桂を諫《いさ》める。恒琳は背後に何人かの衛士と女官を引き連れており、いつもより豪奢な官服を身に纏っていた。

「こ、恒琳様！」

ルベトと女官が慌てて頭を下げる。緑桂は恒琳の姿に、むうと片頰を膨らませた。

「緑桂様、まだ準備がおすみでないでしょう。少しは白蓉様を見習っていただかないと……」

「恒琳はお小言が多い！」

拗《す》ねたように言って、緑桂は恒琳から視線を逸らす。恒琳が後方に目配せを送ると、衛士たちが前に進み出てひょいと緑桂を肩に担ぎあげた。

「恒琳！」

「さ、はやく戻って髪結いを終えましょう」

恒琳が手を叩くと衛士は心得たように踵《きびす》を返してその場をあとにする。緑桂は衛士の肩に揺られ、両頰をパンパンに膨らませていた。恒琳は緑桂の無邪気な姿に「ふう」と溜息《ためいき》をつきつつ、ルベトのそばにそっと歩み寄る。

「姜子」と名を呼ばれて、ルベトは顔を上げた。

「本日の月見祭ですが、けっして粗相のないよう。尚の九族に加え、黄龍鼎をはじめ近隣諸国の王もお招きしていますからね。緑桂様の御要望を聞き入れはしましたが、あなたは本来ここにいる身分ではありません。あなたの失態は、尚の失態となることを忘れてはいけませんよ」

恒琳の口は笑っているが、目は笑っていない。もめ事やいざこざは起こすなという圧力を、強く感じた。鋭く刺すような眼光に、「はい」とうなずきながらもルベトは目を逸らす。

「分かっていれば、良いのです」

恒琳は優しげに微笑むと、衛士と緑桂を追うようにその場をあとにした。金魚の尾びれのように、女官たちが恒琳に付き従って去っていく。

「……粗相はけっしていたしません」

ルベトはまったく別の意思を持ってつぶやく。

動くのならば、戴名式が始まる前だ。ニグレトが観衆の前に出ると、接触が難しくなる。冬を目前にして日はかなり短くなり、じきに日の入りだ。ルベトは、緑桂の印籠を掌《てのひら》の中に握りしめた。

＊

恒琳の女官がそばを離れたあと、ルベトはさっそく動いた。

緑桂は、最も奥の清御殿にニグレトがいると言っていた。殿のそばに立っていた衛士に、「すいません」と声をかける。衛士は目だけを動かしてルベトを見、ぶっきらぼうな口調で「なんでしょう」と答えた。

「ここはなんという場所ですか？」

「祥来《しょうらい》の舞殿ですが、それがいかがされましたか」

ルベトは衛士の突き放すような物言いに気圧《けお》されつつ、負けじと言葉を続ける。

「清御殿はどこでしょう。あたし、そこに用を言いつかっているんです」

「そういったことは、あの者たちに聞くと良いでしょう」

衛士は少しも表情を和らげず、顎先で広場のそばを通り過ぎる娘たちを指し示した。赤い袴《はかま》に白い着物の娘たちが数人、塊になって歩いている。衛士の口調は丁寧だが、ルベトを煩わしく思っていることが透けて見える。

「分かりました。ありがとう」

ルベトは足早に会場を出て、娘たちのあとを追う。もうわずかで最後尾の者の肩に手が届こうかというとき、娘たちがわやわやと話を始めた。

「まったく、あの禰宜の爺《じじい》、会うたびに厭《いや》らしい顔で笑うんだもの。さっきも、壺《つぼ》を受け取るときに手を触られたわ。ほんと忌々しいったらないんだから」

「でも、瑞祥君様のお姿を拝見できたのはちょっとした役得ね。あたしたちみたいな下っ端じゃ、こういう日じゃないと絶対お目に掛かれないもの」

――ニグレトのことだわ。

彼女たちはニグレトを見た。ということは、どこにいるか知っているはずだ。ルベトは襟を正して、腰元に括《くく》り付《つ》けた緑桂の印を手に持つと、大きく咳払《せきばら》いした。女官たちが気づいて、ルベトを振り返る。

「いまの話、もう少し聞かせてもらってもいいかしら」

「……どちら様でしょうか」

眉を顰めた胡乱《うろん》げな顔で、女官たちはルベトを見ている。ルベトは刺さる視線を肌で感じながら、黙って緑桂の印を差し出した。

「緑桂様の侍女です」

ルベトが答えると、女官たちは顔を見合わせる。姫君の侍女が、自分たちになんの用だと言いたいのだろう。

「瑞祥君はどちらにいらっしゃいますか？」

「祭りの最中は、基本的に裏の陰殿ですが……」

「陰殿？」

「ええ。あちらに見える黒い瓦屋根《かわらやね》の建物。あれが陰殿です」

女官は、黒光りする屋根の建物を指さす。ルベトは彼女の指の先に視線を投げて、「あそこ」と小さくつぶやいた。

あそこに彼がいると思うといてもたってもいられなくて、娘たちへの礼も忘れ、ルベトは歩を速めた。そんなルベトを不審そうに見送って、娘たちは互いに首を傾《かし》げ合う。ルベトは逸《はや》る気持ちのまま駆け出したいのを堪《こら》えて、黒い瓦屋根の建物へと向かった。

3

陰殿の前には見張りの衛士が二人、立ちふさがっていた。厳しい眼差しで、あたりを睨むように門を守っている。彼らの腰に携えられた刀の存在を認めると、ルベトは一瞬ぎくりと体が強張《こわば》った。

(武器を持ってる……)

神域の護衛をしているのだから当たり前だ。それくらいで何を怯《ひる》むことがあるの。ルベトは震える手を握りしめて、おのれを叱咤《しった》した。

もっと怖いことだって、経験してきたじゃない。

ルベトは大きく息を吸って、できるだけゆったりとした動作で見張りの衛士たちの前に進み出る。衛士たちはなにごとかというような顔で、ルベトにその場に止まるよう指図した。

「緑桂様の使いで参りました」

ルベトは身元の証明として、緑桂の印籠を差し出した。見張りの衛士は、若い男と年配の男だ。ルベトを見て、まず口を開いたのが年配の衛士だった。

「緑桂様の使い？　そんな話は聞いていないが」

年配の衛士が、若い衛士を見やる。若い衛士は、答えるように首を振った。年配の衛士は「ふうん」と鼻を鳴らして、再びルベトに視線を戻す。

「いったい、緑桂様が陰殿になんのご用だ？」

ルベトは視線が泳ぎそうになるのを堪えて、じっと年配の衛士を見つめた。目を逸らせば怪しまれる。かといって、まじまじ見つめても後ろめたさを悟られてしまうような気がして、内心どぎまぎしている。

「それは申し上げられません」

「なに？」

ルベトの答えに、年配の衛士は眉を吊《つ》り上《あ》げた。声は穏やかだが、黒々した眉の下でぎろりと目が光る。

「用件を言ってもらわなければ、陰殿へ通すことはできぬ」

「ですが、通していただかないとあたしも困るんです」

ルベトも負けてはいなかった。この門を潜れば、ニグレトの元にたどりつけるのだ。すごすごと引き下がれるはずがない。

「瑞祥君へじかにお伝えするようにと、きつく言いつかってきました」

ルベトが一歩前に進み出ると、年配の衛士とルベトの間に勢いよく警棒が差しこまれた。突然のことに、ルベトはとっさに身を反らす。

「……！」

「止まりなさい。女性とはいえ、容赦はしませんよ」

若い衛士がルベトに向かって警告する。

「やめないか。緑桂様の使いだぞ」

年配の衛士は大きな手で警棒を静かに押し返す。ルベトは若い衛士を睨むように一瞥《いちべつ》し、再び年配の衛士に視線を戻した。すべての決定権を持っているのは彼だ。

「不審に思うのなら、緑桂様に使者を出していただいて結構です。ですが、戴名式に関わる用件ですので、どうか急いでください」

ルベトはつとめて冷静なふうを装った。年配の衛士は首を傾げ、改めてルベトの姿をまじまじ眺める。推し量るように頭の先から裳裾《もすそ》の爪先までひと通り視線で探ると、「分かった」とうなずいた。

「いいだろう。通りなさい」

ルベトはほっと胸を撫で下ろす。これで、陰殿へ入ることができる。

「詳細も聞かず、通してもよろしいのですか？」

若い衛士が不服そうに異議を唱えると、年配の衛士は少し弱った顔で肩をすくめた。

「緑桂様の後ろには、あの恒琳殿だろう。あの人は根に持つから、つまらんことで面倒を起こさないに限る」

うんざりしたように年配の衛士がこぼす。が、若い衛士は「そんなことで」と言いたげに眉を顰めた。

「……ありがとうございます」

一礼して、ルベトは陰殿の門を通る。浮かれて走り出しそうになるのを堪えて、できるだけ澄まし顔を作って足を進めた。


陰殿は、小さいが立派な建物だった。天井から吊るされている、花形の室内灯。朱色に塗られた柱。石床の色は灰色で、ルベトが歩くたびにカツカツと音をたてる。

見知らぬ建物を動き回ると、つい視線を走らせがちだが、そうすると不審がられてしまうような気がして、できるだけ毅然《きぜん》とした態度を心がける。廊の曲がり角に、衛士が立っているのが見える。ルベトは内心どきどきしながら、衛士の前に足を進めた。通りすがりに、衛士と目が合う。ひやりとしたものが胃を突く。しかし、衛士はルベトを引き留めなかった。

——良かった。

呼び止められなかったことに内心安堵《あんど》し、さらに先へ進む。

（ここには、あまり人がいないのね）

ルベトはあたりを探った。見張りについている衛士がもっといるかと思っていたが、そうでもない。陰殿に人気《ひとけ》はなく、建物全体ががらんとしていた。ニグレトの居場所を尋ねられそうな人もいない。ルベトは目に入った部屋を手当たり次第にのぞいていく。だが、手がかりになりそうなものは何もなかった。

あまりに人が少なすぎる。妙なものを感じて、ルベトは訝《いぶか》った。この、拭《ぬぐ》いきれない違和感はなんだろう。まるで、罠《わな》にでもかかっているような気になる。

白く立派な衣を着た男たちが、曲がり角の向こうから歩いてくるのが見えた。その足取りから、男たちにルベトを避けようという気はないらしいことが分かる。ルベトは、彼らのために身を引いて道をあけた。誰にも憚《はばか》ることなく道の真ん中を行く者たちの姿は、低い地位の者たちとは思えない。

(あの人たち、あの角を曲がったところから来たのね)

男たちが去ったあと、ルベトは男たちがやってきた角をのぞきこむ。灰色の床の回廊が続いていた。人の気配はない。この道の行きつく先は、どこだろう。ルベトは胸の高鳴りを覚えつつ、そっと足を進める。

その廊を歩いていくと、黒漆に蓮《はす》の花を彫り込んだ扉の前に行き当たった。ずいぶん大きい。音をたてないように、そろりと扉を押してみる。なんの抵抗もなく、扉は揺れた。鍵《かぎ》をかけ忘れたのか、誰かが開いたあとなのか。いずれにしろ、ルベトには好都合だ。ルベトは唾《つば》を呑《の》みこんで、扉を押し開いてみる。

大理石でしつらえた床。優雅に天蓋《てんがい》が垂れ、白く濁ったような半透明の衝立《ついたて》には、幾何学模様。小さな机の上に、銀色に輝くものがある。何かしらと思って近寄れば、そのとろけるような笛の輝きに息を呑《の》んだ。思わず口を手で覆う。

（ニグレトの笛だわ……！）

ルベトがこれを見まごうはずがない。ニグレトとはずっと一緒だったのだ。彼がいつも肌身離さず持っていた、彼の宝物。

――ここにニグレトがいるの⁉

高揚に、胸が激しく波打つのを感じた。興奮が高まって次第に熱を帯び、頭がくらくらする。

衝立の向こうで、人が動く気配がした。ニグレトだろうか。期待に、胸がはち切れそうだ。

「まだ、時間ではないでしょう。ひとりにしてもらえませんか」

ルベトは目をいっぱいに見開いた。

わずかに甘い余韻を残す、耳に優しい声。ニグレトの声だ。

熱い涙が、目から噴き出た。腰が抜けて、ぺたりと座りこむ。泣きじゃくりそうになるのを必死に堪えながら、ルベトは目元を強くこすった。

「……聞こえましたか？　もうしばらくひとりに――」

　椅子から立ち上がる音がする。ルベトが潤む視界で見上げると、衝立の向こうに金色の髪がぼんやり透けて見えた。

「ニグレト……」

　ルベトが名を呼ぶと、薄い色の影が固まった。戸惑うように、衝立からそろそろと見覚えのある姿が現れる。金色の、白く眩《まばゆ》い青年。ニグレトだ。

「……ルベト？」

　ニグレトが呆然《ぼうぜん》とした顔で、尋ねるようにつぶやく。ルベトは胸が熱く滾《たぎ》るままに、彼の懐に飛び込んだ。

「ニグレト！」

　思いのままに名を呼んで、ルベトはニグレトの体を強く抱きしめた。一分《いちぶ》の隙間《すきま》もなく身を寄せ、前より細くなった肩に額を付ける。

「本当に、本当にきみなの……？」

　ニグレトの体がわなわなと震えはじめる。その振動をじかに感じながら、ルベトは何度も何度もうなずいた。

「会いたかった。ニグレト、あたし、あなたにずっと会いたかった……！」

　どうしようもなく昂《たか》ぶる心が、胸を震わせる。心臓が壊れてしまったのではないかと不

安になるほど、鼓動が全身に響いている。

ニグレトがルベトの頰を両手で包みこんで、その輪郭をたしかめるように指で触れた。ニグレトの桜色の爪《つめ》が、ルベトの涙で濡《ぬ》れる。ニグレトは薄い唇をきゅっと嚙《か》みしめると、ルベトの髪に鼻先を埋めた。

「僕も、会いたかった。ずっとずっと、きみに会いたかったんだ……！」

ニグレトの言葉の語尾が、か細く震える。ルベトは言葉もなくただただうなずいた。痛いくらいの力で抱きしめられて、息ができない。

夢でも幻でもないニグレトが、ここにいる。

ルベトは胸が苦しくて、このまま壊れてしまうような気がした。

「帰ろう。西に。あたしたちの生きるところへ」

ルベトは涙を拭って、できるかぎりの笑みを浮かべる。二人で、父と母の待つ故郷へ帰ろう。ルベトは、ニグレトがうなずくことを信じて疑わなかった。しかし、彼はルベトから身を離して首を横に振る。

「……一緒には行けない」

（――え？）

ルベトはニグレトの言葉を吞みこめずに、瞬きも忘れて彼を見つめた。

「僕が戻ったら、また村が襲われる。きみを危険に晒《さら》すことになる。だから、行けない」

ニグレトは苦悶《くもん》にあえぐように、端正な顔を歪《ゆが》めた。

「僕はきみが傷つくことが怖い。それだけが、何より怖いんだ……！」

ニグレトの脳裏に、あの夜兵士に捕まったルベトの姿が刻み込まれて消えない。何もできなかった。それが悔しくて、恥ずかしくて、何より非力な自分が腹立たしくてたまらない。

——あなたが黄龍鼎《こうりゅうてい》の者たちにとって瑞祥君であるかぎり、争いは必ず起こるんです。

そう言った馬董の言葉が、何度も蘇《よみがえ》る。たいせつだからこそ、愛《いと》しいからこそ、僕はきみのそばから離れなくてはいけない。ニグレトはそっと、ルベトの濡れた眦《まなじり》を拭った。

「僕のそばにいると、きみは不幸になる。だから、どうか僕のことは忘れて——……」

「そんな理由じゃ、納得できないわ」

ルベトの答えに、ニグレトは悲愴《ひそう》な色を顔に浮かべた。しかしルベトは頑《がん》として譲らないという目で、じっとニグレトを見据える。

「どうして分かってくれないんだ。僕はきみを守ってあげられない。幸せにできないんだ！」

ニグレトは胸をえぐられるような痛みに耐えながら、叫ぶように言った。ニグレトの睫毛《まつげ》が震えて、ルベトは金色の瞳が涙に濡れるのを見た。

「構わないわ」

ルベトは手を伸ばして、彼の頬に触れる。

ちゃんと言わなくちゃ。自分の気持ちを言葉にしないと、ニグレトに伝わらない。あたしが、どんなにあなたを好きなのか。どれだけ、一緒にいたいと思っているか。

「あたしはあなたと一緒にいるだけで、それだけで幸せなの。あなたが隣にいてくれるだけで、何も怖くない」

ルベトは爪先立ちになってニグレトの髪を撫で、彼を包むように抱きしめた。

「そうやって、ひとりで傷つこうとしないで。あたしの分の喜びを、全部ニグレトにあげる。だからあたしにも、あなたの痛みを分けて」

「きみはどうして、そんなことを言うの……」

「あなたが好きだから。大好きだからよ。ずっと一緒にいるって、地霊祭の日に約束したじゃない」

いままであなたにもらってきたものを、今度はあたしに返させて。それが一緒に生きるってことだと思うから。

ルベトの言葉に、ニグレトの目から涙がこぼれる。彼がこうやって泣くところを、初めて見た。ルベトは、そっとニグレトの涙を拭う。

この人の痛みに寄り添いたい。あたしがあげられるものは、なんだってあげたい。あたしには、何もなくていい。この気持ちはなんだろう。

（ああ、そうか。これが、いままであたしが彼からもらってきたものなんだわ）

切なくて、愛しくて、胸が痛い。ルベトは、ニグレトの涙に濡れた頬へ唇を押しつけた。驚くニグレトに照れ笑いを浮かべて、彼の指におのれの指を絡める。ルベトはさっと身を翻して、ニグレトの腕を引きながら蓮を彫り込んだ黒漆の扉を開いた。

「行こう、ニグレト。いまなら、きっと逃げ出せるわ」

「それは困っちゃうなぁ」

耳元で、男の声がした。ルベトが振り向く。目の前には、にっこりと笑っている男の顔。見覚えがある。この男は、ルベトが荒れ庭で出会った人《ひと》だ。

音もなく、ルベトの首筋に冷たいものが当てられる。鈍色《にびいろ》に輝く切っ先が、ルベトの肌に押しつけられていた。

「あ……」

「動かないでね。女の子の肌に傷をつけたくないんだ」

馬董は視線でニグレトに制止をかける。ニグレトはルベトを人質に取られて、その場に固まった。

「馬董……」

ニグレトが低くつぶやくと、馬董はニグレトに親しげな笑みを向けた。

「いやぁ、おっかしいなあ。他国の物好きか尚の宦官《かんがん》が罠にかかるはずだったんだけど、きみみたいな可愛《かわい》い子が来ちゃうなんてね」

馬董はちらりとルベトに視線を落とす。ルベトは身動きの取れないまま、じっと馬董を睨みあげた。人気がなかったのは、この部屋へたどりつくようにという、この男の罠だったのか。

——いったい何者なの……⁉

ルベトは背中に汗が滲《にじ》むのを感じながら、男の動向を見守るしかできない。この刃を少しでも動かされたら、ルベトの首は血を噴くことになる。男の口調は朗らかではあるものの、そこには冷たい響きしか籠もっていない。何かあれば、ためらいなく刃を引くに違いない。

「ルベトを放してください」

「それはあなた次第。さ、お部屋にお戻りください。この子の白い肌から血が噴くところなんか、見たくないでしょう」

馬董の発言に、ルベトの背筋を悪寒が走り抜けた。

「その前に、おまえの心臓を貫いてやる」

地を這《は》うように低い声が響いた。

何が起こったのか、ルベトの首からすっと刃が離れた。ルベトが脱兎《だっと》のごとく馬董から身を離すと、彼は「降参」というように両手を上にあげている。馬董の背後には、アレクが小刀を突き立てるようにして構えていた。

「ア、アレク……！」

ルベトが目を見開くと、アレクはルベトにちらりと目配せをした。もっと離れろ、ということだろう。ルベトはニグレトの腕を引いて、さらに馬董から距離を取った。

「今度は南国風の美女か。こんなに美しい女性たちに出会えて、俺ってば幸運だね」

「軽口はやめとけ」

「本心なんだけどなあ。で、きみも瑞祥君が目的？」

脅されているとは思えない態度で、馬董がアレクに問う。アレクは舌打ちをして、「さあな」と答えた。

「おまえは瑞祥君の護衛か何かか？」

「いいや。違う」

ふっと息を吐いて、馬董は手に持っていた刃物を投げ捨てた。意外な行動に、アレクは疑《うたぐ》るような眼差しを馬董に向ける。

「これで俺は何も武器を持ってない。きみも、できればこの小刀をひっこめてくれない？」

「断る」

アレクが警戒を解かないまま答えると、馬董は「残念」と言って肩をすくめた。

「俺はきみたちがこの青年を連れ去ろうとどうしようと、いっこうに構わないんだけどね」

ルベトは訝しげに眉を顰めた。

「連れていっても構わないのに、あたしを脅したの？　どういうこと？」

ルベトの疑問に答えるように、ニグレトは「それは」と口を開く。

「この人が、僕と取引を交わしたからだよ」

ルベトは背に匿《かくま》うニグレトを振り向いた。

「取引？　あなた、この人を知っているの……？」

こくりと、目を伏せてニグレトがうなずく。ルベトがもの問う顔でニグレトを見つめると、彼はどう答えていいのか分からないというようにもどかしげな表情を浮かべた。

「いいですよ、瑞祥君。俺から説明しますから」

馬董がやれやれというように口を開いた。

「さて、みんな穏やかに話し合おうよ。ね？」

4

とにかくいったん部屋に入ることを提案する馬董に従って、ルベトたちはニグレトのいた部屋に入った。窓の外は徐々に暗み始めている。手慣れた手つきで、馬董は燭台《しょくだい》に灯りを灯《とも》す。橙色《だいだいいろ》の灯が、ゆらりと揺れた。四人は輪を作るように、床に座った。

「俺は馬董」

そう言って、馬董はルベトとニグレト、そしてアレクに視線を巡らせた。

「あたしは、ルベト……」

「知ってるよ。姜子ちゃんだよね。芸人で、いまは緑桂様の侍女をしてる。で、そこの美人は……」

「おまえに名乗るつもりはない」

アレクが馬董を睨み付けると、馬董は口を窄《すぼ》めて、大きな肩をすくめた。あっさりとルベトの経歴を語る馬董に不快と戸惑いを感じながら、ルベトはニグレトと顔を見合わせる。

「時間がないから単刀直入に言うけど、尚《うち》の宦官どもが瑞祥君を使って良からぬことをしようと考えてる」

ニグレトを使って、悪だくみ？

ルベトは、拳を固く握りしめた。それを知っていたから、ニグレトは「僕といると不幸になる」だなんて言ったのね。そう思うと、怒りがふつふつ湧《わ》いてくる。どこまでニグレトを傷つければ、気がすむのだろう。

「俺が調べたところ、宦官《あいつら》はこれまでも勝手に軍隊を動かして好きに暴れてきたらしくてね。関の外側じゃ、尚《うち》はずいぶん恨みを買ってるみたいだ」

「買ってるみたいじゃないわ。買ってるのよ」

ルベトが馬董を非難するように睨み付けると、馬董は何かを察したのか、憐れみまじりの眼差しをルベトに向けた。

「きみの村も何か被害を受けたんだね」

「ええ。そしてニグレトを瑞祥君だと言って攫《さら》っていったわ」

ルベトが吐き捨てるように答える。「そう」と、馬董はほんのわずかに眉を顰めた。

「どうして尚王は、こんなひどいことをやめさせないの？　王様なんでしょう！」

ルベトは耐えられずに立ち上がり、馬董に詰め寄る。感情に任せるままに馬董の肩を摑《つか》んで揺すっても、彼は口を開かなかった。

「ルベト」

ニグレトが腰を上げて、そっとルベトを馬董から引き離す。そのままルベトを胸に抱き、なだめるように背中を摩《さす》った。

「――知らないんだよ」

いままでとは一変して、馬董が重たい調子でぽつりと答える。

知らない？　知らないですって？

ルベトは意味が分からないという顔で、馬董をまじまじと見つめた。

「俺の殿は……尚王は、王宮の外のことをまったくと言っていいほど知らない。あらゆる汚いものや不都合なものを見ないよう、目隠しをされてきた人だから」

「なんでそんなこと、おまえが知ってる」

アレクが冷たく刺すような言い方で問うと、馬董は自嘲《じちょう》ぎみな笑いを浮かべた。

「俺は節度使《せつどし》の一族でね。幼いころから王宮に出入りがあったから、殿のことは昔からよく知ってる」

「節度使……傭兵《ようへい》の総指揮官か」

アレクは、嫌悪感を隠そうともせず舌打ちをした。

「宦官《あいつら》どもが私腹を肥やしてるのは知っていた。だが、それでこっちに実害があるわけでもなかったから放っておいたけど、最近妙な動きを始めてるんだよねぇ」

「妙な動き？」

「そう。それが何を意味するのかはまだ掴めてないけど、十中八九、瑞祥君に関すること だろうね。他国ともこそこそ談合を重ねているみたいだし、尚がまずいことになる可能性もある」

「──で、その瑞祥君を餌《えさ》に、宦官どもの尻尾《しっぽ》を掴もうって魂胆かよ」

アレクが口を挟むと、馬董は「ご名答」と白い歯を見せた。

「だからいま、瑞祥君を連れていかれるのは俺にとってうまくない。口は悪いけど、美しいうえに聡明《そうめい》な女性だね」

「俺は男だ」

アレクが鬘《かつら》を剥《は》いで馬董に投げつけた。

「ありゃ。残念だなあ。南国の美女って、好みだったのに」

馬董が大げさに残念がる。

「とにかく俺の仕事が終わるまで、瑞祥君のことは尚に置いておいてくれない？　無理やりでも連れていくっていうなら、それはそれでもいいんだけど、たぶんここにいる何人かは死んじゃうよ」

馬董はあっけらかんと、恐ろしいことを口にする。ルベトは馬董の言動に怖気《おぞけ》を感じつつ、「つまり」と口を開いた。

「宦官って人たちが悪さを働いていて、あなたは、その宦官たちをどうにかしたいのね」

ルベトの言葉に、馬董は作り笑いをやめて真剣な面持ちになった。

「そうだね……」

「あたしは、ニグレトと西へ帰りたい。そして、テン族をもう二度と尚やほかの国の軍隊に襲われないようにしたい。ニグレトと安心して暮らしていきたいの」

彼がもう二度と、自ら犠牲になって傷つくことのないように。

ルベトの言葉に、ニグレトは息を呑んだ。アレクは黙って視線を落とし、ルベトの言葉を聞いている。

「アレクは？　アレクの望みは何……？」

どこか気まずいものを含みながら、ルベトがアレクに尋ねる。アレクはルベトと目を合わせないまま、「俺は」とつぶやいた。

「この国のどこかにある尹国《いんこく》の玉璽《ぎょくじ》を取り戻したい。そしてさらに言うなら、尚王の首をもらい受けたい」

アレクがそう言い終えるのと、馬董がアレクの胸倉を掴んで立ち上がったのはほぼ同時だった。しかし、アレクのほうが一瞬素早かった。小刀の切っ先を馬董の喉元《のどもと》に押し当て、据わった目で馬董を睨み付ける。しかし馬董は、おのれの首に刃先が食い込むのも構わずじりりと距離を詰めた。

「二人とも！」

ニグレトがとっさに馬董とアレクの間に割って入る。馬董はこめかみに筋を立て、アレクは殺気をみなぎらせて馬董に敵愾心《てきがいしん》を向けている。

「いまは、落ち着いて話をしましょう。さあ、座って」

ニグレトはそっと馬董の肩を撫でて落ち着くように促し、武器を構えるアレクの腕を下げさせた。間近で見るニグレトに、アレクは鼻を鳴らして目を逸らす。

馬董は大きく息を吐いて腰を下ろしたが、アレクは座ろうとしなかった。緑眼にはまだ、険しさが宿っている。

「尹国の玉璽が欲しいってことは、きみは尹国の民なのか」

馬董はおのれの顎に手を当てて撫でさする。アレクの沈黙を肯定と受け止めて、馬董は溜息とともに首を振った。

「尹国滅亡について、たしかに尚は深く関わっている。だけど、それは先代の王のことだ。俺の殿は無関係だよ」

「尚が尹を滅ぼした。国の責任は王の責任だ。関係あろうとなかろうと、俺は尚王の首をもらうぞ」

「俺、尹国の玉璽のありかに心当たりがないでもないんだよね。――殿の首を諦《あきら》めたら、玉璽は手に入るかもよ？」

ぴくりとアレクが反応する。馬董は腕を組んで、片頬に笑みを浮かべた。

「一国の玉璽ひとつが万の民に値する。そうやすやすと人にくれてやるものじゃないだろ」

胡乱げに、アレクが馬董を睨み付ける。

「俺は、国や民なんてぼんやりしたものには興味はないんだ。玉璽だって、俺から見ればただの金製の判子だよ」

たかが金でできた印鑑のひとつや二つ、惜しいわけがない。そう言ってのける馬董に、アレクは愕然《がくぜん》とした表情をする。動揺をめったに見せないアレクが、こんな顔をするなんて。ルベトは、馬董の言葉がアレクにとってどれほど衝撃的なものかを思い知った。

それにしても、印鑑ひとつが一万人分の人間に値するなんて。玉璽とはそれほどまでにたいせつなものなのか。

（あたしだって、印鑑とニグレトを秤《はかり》に掛けたら、ニグレトを取るわ……）

ルベトは王族ではないし、国を持たぬ西の民ゆえに、馬董の言葉のほうが納得のいくような気がした。

「国や民に興味がないなら、馬董さんはどうして宦官を摘発したいんですか？」

それは、ルベトの素朴な疑問だった。ルベトの言葉に、馬董はアレクから視線を外してルベトを見る。馬董の胡桃《くるみ》色の瞳が、一瞬揺らいだ。

「……さあ。なんでだろうね」

そう答えた馬董は、微笑んではいるもののどこか寂しそうで、ルベトはこの男の笑顔がうすら寒い理由がなんとなく分かったような気がした。この男の笑顔は、仮面なのだ。素顔をすっかり覆って、誰にも見せないようにしている。そんな彼の笑顔は、かつてルベトが想像していた白面郎の白い仮面と重なった。

「……その宦官たちをどうにかできたら、きっとあたしと馬董さんの望みは叶《かな》うのよね」

ルベトがぽつりとつぶやく。

「その人たち宦官《さえ》悪さをやめてくれれば、きっと……」

そうよね、とたしかめるようにルベトは馬董を見た。馬董はほんの少し表情を和らげ、目を伏せるようにうなずく。

「そうだね。すべてが終わったら、俺はもう瑞祥君にこだわる理由がなくなる」

「玉璽に話を戻すぞ」

ルベトと馬董の話を遮るように、冷淡にアレクが口を出す。

「おまえ、玉璽の行方に心当たりがあると言ったが、どこだ」

「尹国の人間ていうのは、せっかちだな」

馬董は興ざめだと言わんばかりに顎を摩り、また笑顔の仮面を被り直す。

「宦官どもが隠し持っている」

馬董はさらりと答えた。燭台のとろりとした灯りに、西の風貌《ふうぼう》が柔らかく照らされている。

「なぜ尹国の玉璽を宦官が持っている⁉」

アレクが激高して声を荒らげた。その瞳は怒りに激しく燃え上がり、面は嫌悪に歪んでいる。ルベトはびくりとして、アレクの横顔を見た。豹《ひょう》が唸っているような迫力がある。

「ア、アレク……」

ルベトの怯《おび》えた声に気が付いて、アレクは我に返った顔をした。眉を顰めてルベトから目を逸らし、どかりと床に腰を下ろす。遠くから、がやがやと人のたてる雑音が聞こえ始めていた。月見祭の客たちが、静聖門の中にやってきたのだろう。

「『そして、なぜおまえがそれを知っている』って、聞きたいんだろうね」

馬董はアレクの思考を読んだかのように、そう言葉を続けた。図星だったのか、アレクが再び舌打ちする。

「いまはまだ理由は言えない。でも、たしかな情報だって言い切れるよ」

この首にかけると言って、馬董はおのれの喉を切るように親指を滑らせた。

「それぞれ目的はどうあれ利害が一致しちゃったことだし、みなでいい関係を築きたいと思わない？」

「いい関係？」

「そう」

問うように復唱するルベトへ、馬董がうなずく。

「同盟だよ。お互い、それぞれの目的のために力を合わせましょうっていう」

この馬董という男と、同盟を結ぶ？　ルベトは目を瞬《しばた》いた。

「ルベト。この話、安易に乗るなよ」

アレクが咎《とが》める。

「こいつとは会ったばかりだ。尚の体制側の人間で、白虎ヶ原の民であるのにもかかわらず、金で雇われて尚の関門を守っているような一族だぞ。金で主人を決める傭兵は、信用できない」

たしかに、アレクの言葉にもうなずける。ルベトはまだ、この男を信用に足る人間だと確信できない。刃を突き付けられたときに感じた悪寒。あれは間違いなく、馬董がルベトに向けた本物の殺意だった。

「ま、即座に信用してくれなんて無理な話だよね。でも、俺はきみたちを信じることに決めた。だから、危険を冒してこの話を持ち掛けてる」

いまの馬董は笑っていない。右拳で自らの左胸をドンと叩き、ルベト、ニグレト、アレクへと順々に視線を巡らせた。

「戴名式が終われば、瑞祥君は静聖門から王の居城・始禁殿《しきんでん》に移される。俺は尚王の近衛《このえ》兵長だ。始禁殿の警護に任じられている兵士には、俺の息のかかった者がいくらかいる。陰殿の見張りの衛士にも、俺が前もって紛れこませておいた者が交じっている。始禁殿へのきみたちの出入りを可能にすることだってできるんだよ。——ま、さすがに瑞祥君を外には出せませんけどね」

馬董は茶目っ気たっぷりにニグレトに目配せをする。ニグレトは複雑そうに眉を顰めた。

「俺はこの話、少し考えさせてもらう」

アレクはそう言って、すっくと立ち上がった。床に転がった鬘を被り直し、小刀を帯に差しこんで扉へ向かう。「アレク」と呼び止めるルベトに、彼は足を止めた。

「おまえも、よく考えろ」

振り返らないまま忠告をひとつ残して、彼は部屋を出ていった。

（……アレク……）

「ま、お嬢さんにもすぐに結論を出せとは言いません。決心がついたら、東春宮《とうしゅんきゅう》の朱夏《しゅか》殿《でん》におこしください」

「朱夏殿……？」

「武官の司令部みたいなもんです。俺は尚王の親兵なんで、殿にくっついて回る以外はそこにいますから」

「ルベト。だめだ」

いままで口を噤んでいたニグレトが、ようやく口を開いた。ルベトはその言葉に、ニグレトを見る。彼は泥を嚙んだような顔で、懇願するようにルベトを見つめている。

「こんな危険なこと、だめだ。きみに何かあったら、僕は……！」

いまだ癒《い》えない傷をえぐり返されるような苦悶に、ニグレトは胸を詰まらせた。ルベトはそっとニグレトの手に指を重ねて、ゆっくり目を閉じる。瞼の裏に、燃えるテン族の村が浮かんだ。それから、焦土となったワン族の集落。

「あたしね、尚に来る途中で焼き払われたワン族の村を見たの。とてもひどい有り様だった」

ワン族の人々がその後どうなったのか、ルベトには知る由《よし》もない。けれど、平和な日常が突然奪われた苦しみや悲しみは、痛いほど分かる。

「あたし、そういうものを二度と見たくない。だから、何もしないだなんてできないわ」

――もうじき、この王宮を大火が呑む。

ふいに、あの女の子の言葉が耳の中に蘇った。ルベトはハッとして、瞑っていた目を見開く。

（なぜ、いま思い出すの……？）

業《ごう》が巡ってかえってくる。尚の王宮が炎に包まれる光景が頭に浮かんで、ルベトは胸騒ぎを覚えた。

「さて、もう行かなきゃ。もうすぐ戴名式が始まる。禰宜たちが瑞祥君を呼びに戻ってくる」

馬董がのそりと立ち上がって、ルベトの肩をポンと叩いた。「きみも、はやく持ち場に帰れ」という合図だろう。ルベトは、馬董が扉の向こうに消えるのを見送ってから、名残《なごり》惜しい気持ちを堪えてニグレトから手を離した。ニグレトは、金色の瞳を切なげに細めてルベトを見つめる。そして、何も言わないままルベトを抱きしめた。

「ルベト、お願いだ。絶対に、無茶なことはしないで」

ニグレトの言葉に、ルベトはうなずいた。なんとなく、その約束は守れそうにないことを予感しながら。

5

闇が深くなり、月が皓々《こうこう》と夜空に浮かんでいる。

ドーン。大砲のような音をたてて、空に花火が打ちあがった。ドーン。ドーン。続けて二発。ルベトが顔を上げると、夜空に火の粉が輝いた。どこからか、優雅な祭り囃子《ばやし》が聞こえる。しゃん、しゃん、と鈴の音が鳴った。「おお」と会場がどよめく。どうやら、祭りが始まったようだ。ルベトは緑桂のいる殿のそばに立って、月見祭の始まりを見ていた。

祥来の舞殿のある広場。門から、白銀の衣を纏った者たちが入ってきた。左右に分かれ、広場を囲むように立ち並んで恭しく頭を垂れる。

「これより、尚王と瑞祥君の御入場でございまする」

甲高い声が響く。いよいよ月見祭が始まり、これから瑞祥君の戴名式が行われるのだ。

祭りの賓客たちは色めき立った。

ルベトの目に、黒漆に金細工と花を飾り付けた輿《こし》がゆったりと入ってくるのが見えた。従者によって、深紅や純白の花弁が行く先々に振りまかれ、風に踊る。

（ニグレト……）

かすかに憂いを帯びた眉宇に、金色の目。長く伸びた金糸の髪は黒衣によく映えていた。白い肌は輝くようで、いまにも消え入りそうなはかなさを漂わせる。輿の上に祀《まつ》り上げられ、瑞祥君はいたるところから人々の熱い眼差しを受けている。輿の屋根や柱に施された豪華な装飾より、何倍も彼の姿は美しい。招待を受けた客たちは、うっとりと麗人に見惚《みと》れているようだ。ニグレトを乗せた輿は祭殿に上がり、賓客に顔を向ける形で輿を下ろした。

「今宵《こよい》、わざわざ出向いてくれたこと、心から感謝申し上げる」

玄柊が、従者を引き連れてニグレトの傍らに立つ。賓客たちがどよめきとともに、歓声と拍手を送った。

本当に、あの人が尚の王なのね。

いまさらながらしみじみと実感して、ルベトは暗然とした。

「……浮かない顔だな」

耳元でそう囁《ささや》かれて、ルベトはとっさに振り向く。すぐそばに、美しく整った異国の風貌があった。鮮やかな緑眼と、高い鼻梁《びりょう》。ほのかな麝香《じゃこう》のにおい。

「ア、アレク……」

ルベトは無意識に距離を取った。アレクは、それを見逃さなかった。

「大丈夫だよ。おまえが怖がることはしないから」

「怖がるだなんて……」

ルベトが煮え切らない口調でつぶやくと、アレクは首を横に振った。

「もうおまえにはけっして触れない。だから、怯えないでくれ」

アレクのどこか寂しげな声の調子に、ルベトの中で罪悪感が募る。

「馬董とかいう男。あいつ、何か隠してるぞ」

「……うん」

賓客たち――諸国の王や大使らはひとりずつ祭殿に上がって、ニグレトと玄柊に祝辞を読みあげ始めた。

「この王宮に入ったとき、俺はおまえを守ると決めた」

アレクが戴名式の様子を眺めながら、独り言のように告白する。

「俺は迦楼羅《カルラ》の末裔《まつえい》であり、尹国の男だ。一度おのれに誓ったことは、最後まで守り抜く」

ファレンとの同盟のおりに立てた誓いに従って、尹国は滅びた。尹国の者にとって誓いとはそれほど重く、固いものなのだ。アレクは遠目にニグレトの横顔を見つめつつ、袖の中で密かに拳を握りしめた。

「俺はやがて尹国の王になる。だから、俺を誓いも守れないような王にさせないでくれ」

アレクがルベトに目を移す。ルベトとアレクの視線が静かに絡んだ。豹のような緑眼は、いまはただ穏やかな色を湛《たた》えている。

こんなことを言われて、あたしはいったいどうしたらいいのだろう。アレクに返せるものなど、何ひとつ持ち合わせていないのに。戸惑いに揺れるルベトに、アレクは静かな微笑みを見せた。

「おまえは、ただうなずいてくれるだけでいい。それだけでいいんだ」

アレクの言葉に、ルベトは胸がえぐり返されるような気がした。どうしてこんなに胸が切なく痛むのだろう。

こくりと、ルベトが無言でうなずく。アレクは唇の形だけで「ありがとう」と告げると、再び戴名式の様子に視線を戻した。ルベトも、黙って会場のニグレトを見る。

——私はここに、索冥《さくめい》という名を与える。

玄柊がそう宣言して、ニグレトに月桂樹《げっけいじゅ》の冠を与える。

「瑞祥君とやらは、美しいな」

ぽつりとアレクがつぶやく声が、ルベトの耳に聞こえた。

夜の暗さの中、祭殿の松明《たいまつ》に照らされたニグレトは、まさしく金色に輝いている。彼の前で膝を折る者たちの姿も相まって、ルベトの目にさえ、どこか神聖な生き物のように見えた。

――もうじき、この王宮を大火が呑む。業が巡ってかえってくる。

少女の声と言葉が、ルベトの鼓膜にこびりついている。緋色《ひいろ》に燃える松明の赤さに、ルベトは無意識にあの女の子の言葉を頭の中で反芻《はんすう》していた。炬火《きょか》は、この会場にいるすべての者のさまざまな思惑を織り込んで、赤々と燃えている。そんなふうに思われて、ルベトはぶるりと身を震わせた。

もしもそのときが来たら、あたしに何ができるだろう。揺らぐ炎の幻影に、ルベトは胸に下げたカルラの眼を服の上から触った。

月見祭が終われば、冬が来る。ルベトは空に浮かぶ月を見上げた。

七章　冬来《きた》る

月見祭《げっけんさい》から四日が経《た》った。

風はいっそう乾き、空気は張り詰めて徐々に冬の冷えこみを見せている。

小鳥の墓標には、枯れ葉が積もっている。

ニグレトは墓の前にしゃがんで、枯れ葉をかき分けた。

「もうすぐ、ここには来られなくなるんだ」

独り言のようにつぶやいて、嘆息する。

清御殿《せいごでん》から始禁殿《しきんでん》に移される日が決まった。静聖門《じょうせいもん》を出れば、二度と清御殿に戻ることはない。清御殿に思い入れはないが、この墓標は名残惜《なごり》しかった。

――本当は、嬉《うれ》しくてたまらなかった。

ニグレトは月見祭のことを思い出し、眉根《まゆね》を寄せて目を瞑《つぶ》った。

ルベトが、僕を追ってきてくれた。彼女を愛《いと》しく思う一方で、ひどく心が痛む。あんな細い体で、テン族の村から尚《しょう》までいったいどれほどの苦労があっただろう。

こんな僕が、ルベトのそばにいていいものなのか。

ニグレトは、何度も何度も自分に問うた。

馬董《ばとう》がルベトの首に刃物を押し当てたとき、僕はまた、どうすることもできなかった。

ルベトを刃から解放したのは、アレクと呼ばれた青年だ。彼女の隣には、誰かを守れるだけの力を持った男《ひと》が――アレクのような男《ひと》がふさわしいのだろう。

ニグレトは、アレクとルベトを思い浮かべた。二人が並んで微笑《ほほえ》みあう姿を想像すると、胸を締めつけられるような苦しみを感じる。幻影を振り払うように首を振って、唇を嚙《か》んだ。

――強くなりたい。たいせつな人のために。

ルベトの笑顔を思い出すたび、切ない思いがこみ上げる。白虎《びゃっこ》ケ原《がはら》にいたころは、知らなかった感情だ。ニグレトは、じくじくと疼《うず》く胸の痛みに眉を寄せた。しかし、戸惑いの中で、心に決まったことがある。ニグレトは、心臓のあたりを服の上から握りしめた。

「索冥《さくめい》様、お部屋で蘇《そ》宮司がお待ちでございます」

ニグレトを呼ぶ声がする。振り返れば、若い禰《ね》宜《ぎ》が拱手《きょうしゅ》していた。ニグレトは立ち上がって、無言のままうなずく。

「十日後はここからお移りになる日ですが、何か、お手伝いすることはありますか？」

禰宜の言葉に、ニグレトは憂鬱《ゆううつ》な微笑を浮かべた。光沢を持った金髪に、薄紅色の唇。光の加減で眉宇《びう》が陰ると、金色の瞳《ひとみ》も肌もうっすらと青みを帯びる。その艶《なま》めかしさに、禰宜は見惚《みと》れないではいられなかった。

「いえ、何も……」

そう答えるニグレトの声には、憂愁の色が含まれていた。

飾り気のない門に、白い石積みの塀。くすんだ色の瓦《かわら》に、色の塗られていない柱。奥宮の一角にひっそりと佇《たたず》むその建物は、貞廉殿《ていれんでん》と呼ばれる。

簡素な机と椅子《いす》。書物の並べられた棚。広い部屋には、執務のために必要なもののほか、何も置かれていない。窓辺には老人が立って、空を見上げている。部屋の中央に三人の男たちが膝《ひざ》をつき、それぞれ腕を掲げて拱手している。

「ふむ……」

老人は男たちを振り向いた。窓から、冬の日差しが後光のように降り注ぐ。

「私の思ったとおり、あれを欲する者は多いようだ」

老人は満足げに目を細め、紅を差したように赤い唇を歪《ゆが》めて笑った。男たちも、堪《こら》えきれない笑みを口角に浮かべている。

「話に聞くだけでは分からんだろうが、実際目にすれば喉《のど》から手が出るほど欲しくもなろう。――あれ《い》に、最も値をつけた国は？」

「南壮国《なんそうこく》でございます」

「では、最も尚を憎んでいる国は？」

「それも、南壮国かと」

老人は、くつくつと喉を鳴らした。

「おもしろい。では、南壮国に決めよう。さっそく、使いの者を出しなさい」

紫色の衣の老人は、右端の男に目配せをする。男は、「かしこまりました」と答えて、部屋を出た。

「それで、あれ《い》はいつ始禁殿へ移ることになっている？」

「十日後でございます、清恭《せいきょう》様」

中央の男が答えると、老人――清恭は、「そうか」と言って愉快そうに歯を見せた。

「あれ《い》が静聖門を出てくれると、助かる。始禁殿は我らの管轄。宮司どもにうるさく口を出されることもない」

これで動きやすくなった。

清恭は、三日月形の目をさらに細めた。その瞳は、すべてを覆う夜陰のように黒かった。

朱色に塗られた広場に、堂々たる建物が聳《そび》え立《た》っている。

武官の長たる者たちが集う、朱夏殿《しゅかでん》。「武」と書かれた朱色の旗を見上げて、ルベトは唇を結んだ。

——ここに、あの人がいるのね。

ルベトは、朱夏殿の入り口付近にいる男に声をかけた。

「朱夏殿に女官が来るとは、珍しいな。どうした?」

男は爽《さわ》やかに答えた。背は高くないが、体に厚みがあり、口元は凛々《りり》しく締まっている。おそらく、武官だろう。

「あたし、馬董という方に会いに来ました。ここにいらっしゃると聞いたのですが……」

「馬董? 近衛《このえ》兵長のかい?」

「そ、その方です……!」

「馬董なら、朱夏殿《ここ》に在籍している。ただ、あいつはめったに朱夏殿《ここ》にはいないけどね……。案内してあげるから、ついておいで」

男はそう言って、手招きをする。ルベトは頭を下げると、大股《おおまた》ぎみに歩く彼の後ろに従った。

建物に入ってすぐ左手にある談話室に通され、「ここで待つように」と指示を受ける。談話室に人気《ひとけ》はない。何基か用意されている円形の机に、椅子。窓際に生け花と、壁には大きなタイル画がある。ルベトは椅子に腰かけて、ぼんやりと壁の画を見た。鎧《よろい》を着て馬に跨《またが》った兵士たちが、剣や槍《やり》を手に草原を駆けている。

——馬董とかいう男。あいつ、何か隠してるぞ。

これは、危うい賭《か》けだ。

アレクの言うとおり、彼を完全に信用するのは危ないかもしれない。けれど、いま、鍵《かぎ》を握っているのは馬董だ。

「やぁ」

突然肩を叩《たた》かれて、ルベトは身を強張《こわば》らせた。振り向いて仰ぎ見れば、満面の笑みの馬董がルベトをのぞきこんでいる。

「竜原《りゅうげん》から、『美人がおまえを訪ねてきたぞ』って言われたんだけど、やっぱりきみか」

馬董は、知人の訪問を心から喜んでいるように笑った。ルベトはなんと答えて良いか分からず、ためらいがちにうなずく。馬董の喜びようが素直に受け止められない。

ルベトはあたりに視線を巡らせ、人気がないことを確認してから用件を切り出した。

「前回のお話の件で伺いました」

「そうだねぇ……。今日は天気がいいし、せっかくだから歩きながら話そうよ」

「えっ？」

思いがけない提案に怯《ひる》む。しかし馬董はルベトの戸惑いを意に介さず、「ほらほら」と追い立てて、ルベトを談話室から連れ出した。

「さて、ここなら気持ち良く話ができる」

だだっ広い運動場。樹木も池もなく、視界を遮るものは何もない。遠くに、木刀を手に組み稽古《げいこ》をしている男たちの姿が見える。片方の男が素早い身のこなしで突き、横に払う。それをもう片方の男がかわし、受けた。二人を取り囲む者たちは、やいやいと声援を送っている。

「ここは朱夏殿の後庭だよ。俺たちは書類仕事に疲れると、ああやって気分転換するんだ」

運動場の片隅に設けられた長椅子にルベトを座らせ、馬董も隣に腰を下ろした。

「さて、さっきの話の続きをしようか」

「こんなところで……ですか？」

誰かに聞かれたらどうする。ルベトは信じられないという気持ちで、馬董に抗議した。だが、彼はなんでもない顔で「そうだよ」とうなずく。

「ここは何もなくて見晴らしがいい。間者の立ち聞きの心配もない。それに、俺がきみに尋ねるのは『俺を信じて乗るか乗らないか』ってことだけ」

はたから聞いても、なんのことだか分からない。そう言って、馬董は悠々と足を組んだ。

無邪気に白虎ヶ原の歌をねだった馬董と、ルベトに刃を向け、アレクを脅した馬董が同じ人物だとは到底思えない。しかし、どちらも間違いなく彼だ。

――馬董さんがいい人なのか悪い人なのかも分からない……。

どちらにせよ、彼の協力を得るほかに道はない。ルベトは膝の上で、指が白くなるほど強く拳《こぶし》を固めた。

「本当に……。本当に、協力してくれるんですか？」

「うーん、俺ってそんなに信用ならない？」

馬董が残念そうな表情を浮かべて、顎《あご》を撫《な》でる。手の動きにつられてルベトが視線を移すと、彼の掌《てのひら》にはひび割れや肉刺《まめ》の潰《つぶ》れた痕《あと》、さらに胼胝《たこ》がいくつもあった。これは日々鍛錬に励んできた手だ。ルベトは、馬董の掌から視線を上げて彼の顔を見つめた。馬董は訝《いぶか》しげな表情を作ったが、すぐに気が付いて「あぁ」とつぶやく。

「見苦しいから、いつもは手袋をしてるんだけどね。朱夏殿には武官ばかりだから、気が緩んじゃって……」

そう言って、懐から革の手袋を取り出した。

ルベトは、手袋を嵌《は》めようとしている馬董の手を取った。皮は硬く、ざらついて、少し乾いている。馬董の口は信じられない。けれど、この手は信じられる。ぎゅっと握りしめると、馬董は驚いた顔をした。

「あたし、本当はまだ、馬董さんのことを信じ切れていません。あなたは、何かたいせつなことを隠している。――だけど、決めました。あたしはあなたを信じます」

ルベトはまっすぐ馬董を見た。これは偽りのない、ルベトの本心だ。

「……いいこと、教えてあげるよ」

馬董は、顔から笑みを消した。

「この王宮で賢くやろうと思うなら、本音は隠しておいたほうがいい」

笑みを消した顔は口角が下がって、自然と声も低くなる。かすれ声に、凄《すご》みが加わった。ルベトを見つめる胡桃《くるみ》色の瞳に、陰りのある熱誠《ねっせい》が垣間見《かいまみ》える。

「それと、これがいちばん大事。俺みたいな奴《やつ》は簡単に信用しちゃだめだよ」

馬董は、再び大げさな笑顔を作る。彼の手は、ルベトの手を握り返さなかった。これが、馬董のせめてもの誠実さであり、真実なのだ。彼の空虚な笑顔に、ルベトは黙って握手を解いた。

「きみみたいな可愛《かわい》い子と仲良くなれて、嬉しいよ」

馬董の目が、含みを持って細められる。この男《ひと》は、油断できない。ルベトの本能が、そう訴えている。それでもいまは、彼を信じると決めるしかない。

「そういえば昨日、あの、あの尹人《いんじん》と奥宮の外で話をしたんだけど」

あの尹人って、アレクのこと……？

ルベトは目を瞬《またた》かせた。

「きみに怪我《けが》をさせたら、両腕切り落としてやるって脅されちゃったよ。あの目は本気だったな」

怖い怖いと大げさに身を震わせて、馬董は腕を摩《さす》った。

――アレクが、そんなことを……。

どうして彼は、そこまであたしを守ろうとしてくれるのだろう。月見祭の夜のことが頭をよぎる。あのとき、何も言えなかった自分にもどかしくなった。

うつむきがちに視線を落とすルベトに、馬董はふっと口元を緩める。

「愛しても、愛されても、苦しいもんだね」

「え？」

「なんでもない」

馬董は声を落として、首を横に振った。

「安心してよ。俺、女の子に怪我をさせるのは好きじゃないから」

「よ」っと声を上げて、馬董は長椅子から立ち上がる。

「そろそろ行かなきゃ。――瑞祥君《ずいしょうくん》は十日後、始禁殿に移される。何かあれば、また連絡するよ」

馬董と別れ、朱夏殿をあとにする。

足を止めて振り返れば、吹《ふ》き荒《すさ》ぶ冬の風に、朱色の旗が音をたててはためいている。波打ちながら激しくなびくその様は、どこか自分の心と重なって、ルベトは胸に手を当てた。

瑞祥君として祀《まつ》り上げられているニグレト。尹国の王子・アレクと、尚王・玄柊《げんしゅう》。ニグレトを攫《さら》った紫色の衣の老人、胡散《うさん》な馬董。そして、灰色の目の童女の言葉。

尚の王宮に来てから、さまざまなことがあった。何度も心が揺らいで、胸が騒いだ。

どんなに旗が激しくなびいても、旗棒は揺らぐことなくまっすぐに立っている。

冬はまだ始まったばかり。風はますます冷たく、激しくなるだろう。

——あたしは、あたしのやるべきことをするしかない。

風を受けて立ち、顔にかかる髪をかき上げて、ルベトは天を仰いだ。

あとがき

お久しぶりです。相田美紅《あいだみく》です。

去年の夏から冬の終わりごろまで、悪戦苦闘しながら原稿を書いておりました。あれから一年ほど経ち、再び夏。こうして二巻が完成し、またあとがきで皆様にお目にかかることができ、本当に嬉しいです。これも、周りの方々の支えがあってこそです。

二巻は、誰かが誰かを想う巻です。それは友情であったり、思慕であったり、胸に秘めるしかないもの、まだまだ淡いものだったりと、三者三様です。一部、恋愛っぽいのにあまり甘くないのは、私のテイストということで……。

二巻を書く上で、前巻より苦労した点が二つあります。

一つめは、場面の説明です。私が小説を書くときは、一枚の絵を頭に浮かべて、その場面の色や光、におい、音を文章にするのですが、尚《しょう》はそれらの情報、とりわけ建物の情報量が多すぎて、一ページの大半が絵の描写になってしまうという事態に陥りました。また、制度などの説明も加えると、全体の殆《ほとん》どが埋まってしまいます。どう書けばいいものか悩みましたが、担当さんの「読者の想像力を信頼する」という一言に、思いきって絵の詳しい描写や、制度の説明などは省略しました。

二つめの難点として、ルベトに奥宮に入ってもらうのにすごく苦労しました。ルベトは歌と踊りの得意な普通の女の子なので、「彼女はどうやって奥宮に行くんだろう……」と、自分でも書きながら唸《うな》りました。ぼんやりと頑張《がんば》っているのは分かっていましたが、そのイメージが漠然としていて、物語の一部として捉《とら》えることができませんでした。私はルベトの姿を探して、蒼々《そうそう》とした草むらをかき分け彷徨《さまよ》っている気分になっていました。展開も二転三転しましたが、なんとかルベトとニグレトが再会できて良かったです。ちなみに没稿では、ルベトは無断で舞台に立ってお叱りを受けたり、芸人から下女になって雑用をしていたり、神域に潜入して清御殿《せいごでん》の床下を這《は》ったりと、体を張っていました。

この峠《とうげ》を越えて、私の場合、物語作りはパン作りと似ているのかなと思ったりします。頭の中にふわふわとしているアイデアと構想をこねて、発酵させて、寝かせて、ちょうどいい具合に熟したら、ようやく焼ける。読者の皆様においしく食べてもらえるパンになっていれば、なによりです！

今回、書いていて楽しかったのはルベトとアレクのやり取りです。読み返してみると、ルベトはいつもアレクに救われていますね。彼はルベトの危機に反応してくれるので、助かります。ニグレトと白蓉《びゃくよう》、玄柊《げんしゅう》と馬董《ばとう》の会話も好きです。白蓉は、ニグレトに対してツンとしつつも内心動揺しているところが微笑ましいです。玄柊と馬董は、性格がまったく違うのに仲が良いのは不思議です。案外、玄柊の方が馬董を側に置きたがっているのかもしれません。ニグレトは優しい性格だけれど、意志の強いところもあるというのが新発見でした。彼の尚での変化は、「自分」というものに目覚めつつあるということです。

二巻では、緑桂《りょくけい》と馬董が新しく登場しました。緑桂は白蓉同様、投稿作からのキャラクターです。小さい子はいるだけで場が和《なご》みますね。今回はなかった白蓉とのやりとりを、三巻では書けるといいな。馬董は、プロットでは「寡黙《かもく》な護衛」だったのですが、いざ登場させてみるとまったく別のキャラクターとなり、それに伴って名前も変えました。ある意味、彼は飛び入り参加なのかもしれません。初めてのタイプのキャラクターでしたが、とてもよく動いてくれます。

美麗な表紙は、前巻同様、釣巻和《つりまきのどか》先生からいただきました。表紙のラフ画を拝見したとき、ニグレトの美形ぶりにびっくりしました。なんたる美青年でしょうか。ルベトとのツーショットに、目が幸せになりました。ありがとうございます！

担当さんをはじめ、二巻を出版するにあたりご協力いただきました皆様に深くお礼申し上げます。校閲さんには、校正作業のたびに「感謝だなぁ」と思います。

応援してくれている家族や親戚《しんせき》、友人の皆様には、いつも励まされています。ありがとうございます。

そして読者の皆様！　ここまで読んでくださって、本当にありがとうございます。この『精霊の乙女 ルベト　白面郎哀歌』を楽しんでいただけたなら、とても嬉しいです。

次巻で、この物語は完結となります。ルベトやニグレト、アレク達を最後まで見守っていただけたなら、著者としてこれ以上の幸せはありません。どうか、よろしくお願いします。

それでは、また三巻で！

相田美紅

『精霊の乙女 ルベト 白面郎哀歌』、いかがでしたか？
相田美紅《あいだみく》先生、イラストの釣巻《つりまき》 和《のどか》先生への、みなさまのお便りをお待ちしております。

相田美紅先生のファンレターのあて先
〒112-8001 東京都文京区音羽2-12-21 講談社 文芸第三出版部「相田美紅先生」係

釣巻 和先生のファンレターのあて先
〒112-8001 東京都文京区音羽2-12-21 講談社 文芸第三出版部「釣巻 和先生」係

■この作品は、ホワイトハート新人賞 佳作を受賞した「ルベト ～夕照の少女～」を改稿・改題したものです。

N.D.C.913　255p　15cm

相田美紅（あいだ・みく）
関西在住。10月生まれ。てんびん座。
本と映画とカフェオレが好き。
読んで元気が出る物語を書けるよう、がんばります！

講談社X文庫

white heart

精霊《せいれい》の乙女《おとめ》 ルベト　白面郎哀歌《はくめんろうあいか》

相田美紅《あいだみく》

●

2017年9月4日　第1刷発行

定価はカバーに表示してあります。

発行者――鈴木　哲
発行所――株式会社　講談社
東京都文京区音羽2-12-21 〒112-8001
電話　編集　03-5395-3507
販売　03-5395-5817
業務　03-5395-3615
本文印刷―豊国印刷株式会社
製本―――株式会社国宝社
カバー印刷―半七写真印刷工業株式会社
本文データ制作―講談社デジタル製作
デザイン―山口　馨

ISBN978-4-06-286961-4